『囚われたにもかかわらず、命を救われた。その上、新たな名もいただいた。ここに契約は成立しました』
ん？ 契約ってなに？
フレイさんは首を深々と下げて続けた。
「我が主よ、この身を貴方に捧げましょう」
✦✦✦ フレイ ✦✦✦
ハルトと契約した
フレイムフェンリル
✦✦✦ ハルト ✦✦✦
転生したら
LV が 02（ホントは 1002）
だったため殺されかけた王子。

「ついでだ。
全部つぶそう」

盗賊なんて迷惑でしかない。
貧しい暮らしに耐えかねて、
とかいろいろ事情があるかもしれないけど、
ぶっちゃけ俺にはどうでもいい。
「んじゃ、行くか」
「はっ。お供します」
俺は百近い結界のほとんどを消し、空を翔けた――。
✦✦✦シャルロッテ✦✦✦
ハルトの妹。ハルトの
正体に気付いている――？

「あにうえさま、あそんでください！」

勢いよくドアが開かれ、突入してきた小さき人。シャルロッテだ。

「お前さ、ノックくらいしろよ」

「あにうえさまは、まえもってしっていたごようす。ひつようでしょうか？」

「マナーの問題としてね」

「わかりました。つぎからは、かならず」

実は俺、最強でした？

澄守彩

illust.高橋愛

CONTENTS

デザイン：AFTERGLOW　イラスト：高橋 愛

第一章　転生直後の奮闘記

――詳細は省くが、俺は異世界に転生した。

女神的な何かによれば、そこは魔法の力が絶対視される世界だそうな。説明がおざなりだったので不安だが、チート能力も与えてくれたらしい。

中三の秋にイジメから逃れるため引きこもって五年。俺は未来に希望も何も抱けず漫然と生きていた。

いきなり『二度目の人生を謳歌《おうか》しろ』と言われても……。

俺が望むのは、平穏な日常。

人の心を持たない者たちからの離別。

日がな一日アニメやゲームに没頭し気がついたら寝てた、という自堕落な生活こそ最高な生き方だった。

だから決めた。

俺は異世界でも引きこもり、怠惰に生を貪るのだ、と。

そのためにチートな能力とやらを駆使してやろうじゃないか！

で、俺は産声を上げたわけだが――。

ぼやけた視界の中、誰かが何か喚《わめ》いている、ような気がする。どうにか聞き取れないかなと思ったら、唐突に声が明瞭になった。

「国王陛下、元気な男の子でございますよ！」

「おおっ！　ギーゼロッテ、でかしたぞ！」

我が身が誰かに抱かれる。

しかしなんも見えんな。ぼんやりして誰が誰だかわからない。

どうにか見えないものかなと目に力をこめてみた。

いきなり視界がクリアになる。

ダンディなおじさまがいた。金髪で、彫りの深い顔立ち。ハリウッドのイケメン俳優みたいなおじさまだ。異世界モノアニメの王様みたく豪華な服も着ている。

イケオジは俺を抱えて歩き出す。

「どうだ、ギーゼロッテ。余とそなたに似て美しい男児だぞ。髪と瞳の色はそなたと同じであるが、そら、左胸に〝王紋〟が現れている。余の子で間違いないようだ」

そっと差し出した先に、めちゃくちゃ美人さんがいた。こちらは黒髪、瞳も黒い。若い。お肌真っ白。顔が気味悪いほど整い過ぎてる。

さすがイケオジで王様。若くてべっぴんの嫁さんがいるとはね。

「いやですわ。わたくしが不貞を働くわけありませんもの」

なんかこの二人、にこやかだけどギスギスしてません？

ともあれ、どうやら俺はどこぞの国の王子に転生したらしい。

八男くらいなら引きこもっても文句を言われないんだけどなあ。なんて考えていると、王様は俺を抱えて別室へと移動した。


なんかおどろおどろしい部屋に入ったぞ？

窓は分厚いカーテンで隠され、方々に置かれた燭台《しょくだい》の明かりが室内で揺らめいている。広い部屋の床には大きな魔法陣が描かれていて、その中央には木製のベビーベッドが置かれていた。

「お待ちしておりました、陛下。準備は整っております」

そして黒いローブを着た爺《じい》さんがにたりと笑う。怖いよ。

「うむ。では頼むぞ」

俺はローブの爺さんに預けられ、ベビーベッドに寝かされた。

爺さんが取り出したのは、手のひらに乗っかるほどの水晶玉だった。何やら呪文らしきを口ずさむ。やがてクワッと目を見開いた。だから怖いってば。

と、水晶玉がぴかーっとまばゆい光を放った。うおっ、眩《まぶ》しい。

しかも手のひらから落ちそうなくらいぶるぶる震え、室内なのに突風が巻き起こる。

「な、何が起こっているのだ⁉」

父、大慌てである。

やがて異常現象が治まった。

「む、むむむ……これは……っ⁉」

「どうだ？　王子の最大魔法レベルは？」

どうやら今は、俺の魔法レベルを測定しているらしい。

女神的な何かの説明によると、この世界の人は生まれながらに誰でも魔法を扱う才能を持っていて、しかし素質は生まれた瞬間、決定している。

最大魔法レベルは、そいつが生涯で到達できる魔法レベルの最大値。

どんなに努力してもそれを超えることはない。

「なにせ余と、『閃光姫《せんこうき》』ギーゼロッテの息子だ。40……いや、この不思議な現象を考えれば50を超える資質を持っておるやもしれぬ！」

父、大興奮である。

人間での最大魔法レベルの歴代最高値はたしか77だと説明にあった。覚えやすい。そいつは大賢者様と崇められていたそうな。一般的に30を超えるとかなりすごい。平民でも後のレベル上げ次第で貴族にのし上がれるほどだ。

ところが、である。

「…………2、です」

「む？　今、なんと言ったのだ？」

「ですから、王子の最大魔法レベルは2、であるようです……。あ、しかも属性が何も表示されていませんね。これでは結界魔法しか使えません」

これまた説明によれば、この世界の人は生まれながらに『属性』なるものが決まっている。

【火】【水】【土】【風】の基本四元素に加え、【光】や【闇】なんてのもある。これらがひとつか複数あると、それ系統の魔法が使えるのだ。

自分が持つ属性と異なる属性の魔法は使えない。

結界魔法だけがその例外らしいが、その辺の説明はなかったな。

水晶玉には、【02】／【02】と表示されていた。それ以外はなんもない。

「あー、でもですね。現在の魔法レベルも2です。生まれながらに最大魔法レベルに到達しているとは。さすが王子ですな！」

爺さん、冷や汗を垂らしながらのフォローである。

が、王様はぷるぷると震え、怒声を吐き出した。

「バカ者！　出生時に魔法レベルが2である事例など珍しくはないわ！　2……最大で2だと？　しかも属性ナシ？　そんなポンコツが余の種から、閃光姫の腹から生まれたというのか！」

ひぃっと爺さんは腰を抜かす。

「いや待てよ？　『ミージャの水晶』が壊れているのだ。うむ、そうに違いない！」

親父、必死である。

俺もそう思うよ。測定器がダメなパターンはありがち。

女神的何かがくれたチート能力は不明なのだが、仮に最大魔法レベルに関係ないとしても、いくらなんでも2ってことはないでしょ、2ってことは。

「し、しかし今も測定前の準備でも、私で試しましたが特に問題なく——」

「すぐに別の水晶を持ってまいれ！」

爺さんは四つん這《ば》いになって部屋を飛び出した。

しばらくして爺さんと他にも何人かローブ姿の男たちが入ってくる。一人がバスケットボールくらいの水晶玉を抱えていた。

同じ儀式が始まる。

結果も同じ。

親父さん、目からハイライトが消えた。

たぶん俺も消えてる。

「本日生まれた我が息子、ラインハルト王子は…………死んだ」

ん？

「死産であった。そうだな？」

ぎろりと周囲を睨《にら》みつける。

ヤバいぞ目がマジだ。なに？　俺って転生直後に殺されちゃうの？　チートな能力は？　くれるって言ったよね？　ふぅん……ないのか。そうかー。

転生から一時間と経たずに、チートな引きこもり生活の夢は頓挫したらしい。

口惜しさと憤りを『だー』とか『うー』とかでしか表現できない俺のすぐ横で、

「あれ？　でも変だな……。どうして【2】じゃなくて、【02】って表示されてるんだ？」

ローブ姿の男の一人が、そんなことをつぶやいていた――。

☆

天界的なとある場所。

〝彼〟を転生させた女神的何かは同僚の女神的何かと話をしていた。

「なんかヤバいっぽいよ？　ちゃんとチート能力与えたん？」

「あー、属性付与すんの忘れてた」とてへぺろする女神的何か。

「それアカンやつやん？」

「ダイジョブっしょ。魔法レベルはテキトウに高くしといたし」

あっけらかんと言ってのける彼女は、確かにちょちょいとテキトウに〝彼〟の最大魔法レベルと現在魔法レベルを高く設定しておいた。

〝彼〟の魔法レベルは2ではない。

魔力レベル測定用の水晶が二桁しか表示できなかったのが、〝彼〟の実力を正しく測れなかった原因だ。

真の魔法レベルは――。

【1002】／【1002】

本当に、テキトウすぎた模様である――。

★

俺はこっそり別室に移された。そこには五人のおっさんがいた。

一人は俺のこの世界での父親で、名前は話を聞く限りジルク・オルテアス国王陛下。他はお偉いさんだがモブ認定。

「これは余の決定だ。こんな出来損ないが王子などと、臣民の笑いものにされるのは余であるぞ！」

「しかし陛下、死産と偽るにしても誰が王子を手にかけられましょう？　私どもでは畏れ多くて……」

「ふむ。たしかに王家の者に臣下が手を下すのは問題か」

俺をどう殺すかで揉《も》める様を眺める異常事態。いちおうさっきまでは俺の命乞いをしていたおっさんがいたが、退室させられてしまった。

父親も大概だが、母親も『こんなクズが我が息子などと黒歴史にもほどがあります』とか抜かしやがった。

前世でもろくでもない連中ばかりだったけど、転生してまで人の醜さを知ろうとは。

やっぱ人間ってクズだな。性根がみんな腐ってるんだ。

だからといって、座して（実際には寝ているが）死を待つ俺ではなかった。

生まれたばかりの世界に未練なんてないけど、死ぬのはやっぱり怖い。たとえクソザコ認定されるほど弱くても、この世界で逞《たくま》しく引きこもり生活をエンジョイする方法はあるはずだ。

前世の俺はガラスどころかペーパーハートだったはずだが、転生の影響なのだろうか、今はすごく前向きだ。

絶対に生き残ってやる！

そんなわけで、生存のために思考を巡らすことにした。

天井を眺めながら考える。

魔法を使うには魔力が必要だ。

そして個人が扱える魔力の総量は現在の魔法レベルによる。俺の処遇を話し合っていた大人たちの会話に、その辺りに言及したものがあった。

推測を交えつつ簡単にまとめると。

扱える魔力量は魔法レベルのざっくり二乗に比例するらしい。レベル1とレベル2では四倍の差がある。たとえば仮にレベル1000の奴がいたとすれば、レベル1とは実に百万倍の差。すごい。でもさすがに四桁はあり得ないな。

で、測定した結果俺はレベル2のクソザコらしい。しかも属性を持たない俺は結界魔法しか使えないそうな。

女神的な何かさん、ホントいい加減。何がチートをくれる、だよ。ちゃんと仕事してよね！　などと文句を言っても始まらない。現状を把握したところで思考を切り替えよう。

まずは結界魔法とやらが何か、というところからだな。先は長い。

俺の中の『結界』という漠然としたイメージでは、なんか透明な壁で囲まれた一定領域だ。お札とか貼ってそれを作る。

そして、その中では不思議なことが起こる。すごいパワーが得られたり、爆発したり、誰かが侵入したのを検知したり。

とりま、俺が生存するためにはこの魔法を使いこなさなくてはならない、と思う。

ので、さっそく試してみよう。

ところがここでチャチャが入った。

「しかし魔法レベル2ですか。ファイヤーボール一発も撃てないのでは？」

「そもそも属性を持たぬのだから結界魔法以外は使えまいて」

「結界なんて補助がいいところですからなあ。属性を付与できないなら役にも立ちませんよ」

ヤル気になったとたんにコレですかそうですか。

文句のひとつも言いたいところだが、俺は赤ちゃんなので仰向けに寝っ転がって『だーだー、ばぶー』としかしゃべれなかった。

「結界《アレ》は相応の魔力を必要としますからな。王子では小規模な結界も張れないでしょうよ」

俺の眼前に、透明な四角い箱が浮かんでいた。

なんとなく作ってみたのだが……わりと簡単にできたよ？

王様たちは無反応なので、どうやら他の人には見えないようだ。俺にはぼんやり見える。

「仮に小さな結界を張れたとして、王子の魔法レベルでは維持に数分もたぬだろうな」

じーっと透明な箱を眺める。しばらく放置したが消える気配は微塵《みじん》もない。

というか、これ魔力使ってないよな？　作るときは体の奥がぽわっとして、なんとなく魔力が消費されたような感じがした。

「何かしら特異な技でもあればよいのですがね。たとえば結界を動かすとか」

とりあえずやってみよう。

「はっ、冗談はよせ。結界は領域が固定化されるものだ。剣や鎧《よろい》に付与するでもなく、自在に動かせるわけがない」

めちゃくちゃ滑らかに空中をすいすい移動して、意のままに操れてますけど？

操作に魔力は多少使うっぽいな。でも魔法レベル２の俺でも苦も無く操作できる。疲労なにそれ美味しいの状態。

この箱、結界じゃないのかな？

でもこの世界のルールでは、俺は結界魔法しか使えない。でもなあ、ルールとか言うなら結界を動かせるのはおかしい。あちらを立てればこちらが立たず。うーむ……。

あれこれ考えながら箱をぐりんぐるん動かしていたら、

「だぅ？」

箱が壁に激突した。

粉々に吹っ飛んでしまう――――壁が。

「な、何事だ！」

「いきなり壁が……」

「爆裂魔法⁉」

「賊か⁉　まさか魔族の残党が⁉」

大騒ぎになったので自重しようと思う。

残念ながら騒ぎで結界談義は終了してしまった。仕方ないのでひとまず結界魔法という前提で、こっそり試行を続ける。

消すのも簡単。消えろと念じたらなくなった。こっちも魔力はほとんど使ってないっぽい。

四角い箱は針の穴くらい小さくできるし、部屋いっぱいにも大きくできるし、もっと小さくも大きくもできそうだ。

形状は四角でなくてもよい。奇妙な形の花瓶とそこに活けてある花を、ぴったり薄膜で覆うような複雑な形の結界も作れた。

その結界を動かしてみると、花瓶と花が空中浮遊する珍現象が発生。またも大騒ぎである。

「いったいなんだと言うのだ？　まさか……」

王様は俺をじろりと睨んだ。ぎくり。

わなわな震え、なんだか汗が垂れてきて、生唾をごくりと飲みこんだ。

どうしよう？　バレたら即、俺の命はついえるかも。いっそこっちから襲いかかってみるか？

透明な結界を頭にぶつけてぐっちゃぐちゃにして――――俺、こんなに殺伐思考だったっけ？

とたんに冷静になる。

そもそも俺は魔法レベルが2のクソザコらしいし、まだ結界魔法もよくわかってないし、不意を突いても返り討ちにあうのは確定的に明らか。

ここは様子見。赤ちゃん演技で王の出方を待とう。

「だー、うー」（キラキラした無垢《むく》な瞳で見つめる）

「……ふっ、それこそ『まさか』だ。魔法レベルが2のポンコツ……しかもまだ赤子ではないか。宮殿を防護している大規模結界魔法が不具合を起こしたに違いあるまい」

ぶつぶつ言ってから、モブたちに指示を飛ばす。

そして皆を引き連れてどこかへ行ってしまった。

ぽつんと取り残された俺。

ふふふ、俺の赤ちゃん演技も捨てたもんじゃないな。

とりあえず危機は脱したようだし、これで気兼ねなく結界魔法を試行錯誤できるというもの。

今度は箱に色を付けた。

赤、青、黄色。複数の色でグラデーションを作ったり。イメージ通りに自由自在だ。

鳥を思い描いてみた。

俺の拙《つたな》いイメージではとても本物には見えないが、色を付け、翼を羽ばたかせると、きちんと鳥らしく飛び回る。

お前は、自由だな。

俺は仰向けに寝っ転がることしかできない。赤子の肉体では力もなく、手足を自由に動かせないし、言葉もうまく話せない。早く大人になりたかった。

ん？　でも待てよ？　結界で覆ったモノが思いのまま動かせるなら……。

俺は自身のカタチぴったりに結界で覆い、立ち上がった。歩く。走った。ふわふわ宙にも浮ける。傍から見たら絶対気持ち悪い。

動けるようになった俺は窓まで登っていき、外を眺めた。

ここは小高い丘に建てられたそこそこ高い建物のようで、丘の麓には城壁に囲まれた中世ヨーロッパ風の街並みが見えた。

城壁の向こうには深い森が、そのさらに先は山脈が連なっている。

ふと、俺は生まれた直後を思い出す。ぼんやりとした視界が、目に力をこめたらくっきりはっきり見えるようになった。

じーっと、遥《はる》か彼方の山脈を見る。

なんてことでしょう。

望遠レンズを覗《のぞ》いたみたいに拡大され、ついに山脈の岩肌が間近に見えたではないか。いや倍率おかしいだろこれ。

どうやら俺は、眼球に特殊な結界を張り付けていたようだ。意識して消すと、景色が色あせてよく見えなくなった。

再び結界を眼球に張り付ける。『よく見えるように』とか適当なことを考えたら、前と同じく視界はクリアになった。

わりと漠然としたイメージでもイケるのかな？

というわけで検証。

視覚ついでに男の子の夢を実現すべく行動に移した。

ずばり、『透視ができる結界』だ。

そんなことをしている場合じゃないのはわかっているのだけど、きっと何かの役に立つと自分に言い聞かせてレッツチャレンジ。

壁を見る。いつまで経っても壁だった。

うーん。やはり万能ではないのだろうか？

俺は夢を諦めきれず、試行錯誤する。

で、ついに俺は夢を実現した。

目の前に四角い板状の結界を作る。さらに壁の向こう側に、同じ大きさの四角い板（結界）を作った。

それらを、結ぶ。

眼前の結界が、まるでタブレットみたいに外の景色を映し出す。下に傾けるとそれに合わせて外の板状結界が下を向き、地面が映った。

透視、完成である。

なるほど。結界魔法とは数多の世〝界〟を創り、〝結〟ぶ魔法なんだな。

齢《よわい》三時間足らずで、世の真理に至った俺。

さらに俺は改良を加え、壁にうすーく結界の膜を張り、壁の向こう側にも同じく膜を張ってつなげてみた。膜の部分が外の景色になる。

これを服の表裏に張り付ければ……いや、よそう。その場合は俺以外にも透視状態が確認できてしまうのでバレバレだ。うん、眼球の一部に膜を張ってうにゃうにゃ……。

その日は寝た。

☆

二年前、魔王討伐が成し遂げられた。

閃光姫ギーゼロッテを中心とした特殊部隊が魔王城の中枢に潜入し、多くの犠牲を払いながらも魔王を滅したのだ。

世界中が歓喜に湧き、王国民が誇りに胸躍らせる中、国王ジルク・オルテアスだけが不安で胸中を曇らせていた。

国民はみな、ギーゼロッテを持ち上げている。

王も前線で何度となく指揮を執り軍を鼓舞してきたが、人気があるのは閃光姫ばかり。

この世界は魔法の実力がモノを言う。とはいえ当代で最も魔法レベルが高い人が王になる、という単純なものではなかった。

血統が重視されるため、突然変異的なぽっと出が台頭することは周りが許さないのだ。

ところが、である。

ジルク自身は国王であるものの、最大魔法レベルは【34】と歴代の王に比べてやや低い。

さらに現在の魔法レベルが【17】と、青年期を過ぎてから伸び悩んでいた。一般に現在レベルが上がらなくなる現象は『レベルが閉じた』と表現する。

ゆえに誰もが言う。

王は閉じてしまったのだ、と。

対する閃光姫の魔法レベルは【41】／【46】。現代でトップクラスの素質を持ち、当時十七歳の若さで魔法レベル40を超えた逸材だ。

ギーゼロッテの家は下級貴族で、最近では爵位の剝奪が取りざたされるまでに落ちぶれていたものの、彼女の活躍で盛り返しつつある。

王は思う。

これ以上、彼女の台頭は許されない、と。

そんな中、魔王討伐の報酬を問われたギーゼロッテは、とんでもないことを口にした。

「以前よりわたくしは、ジルク国王陛下をお慕い申し上げておりました。不遜、不敬は百も承知でございますが、わたくしを哀れとお思いになりますなら、この想いを遂げさせていただきたく」

周囲は沸いた。

これで王家は安泰だ、と。誰も彼女を咎《とが》める者がいないばかりか賛成一色に世論も動く。

だがジルクは戦慄した。

ついに王家を乗っ取りにきたか、と。

ところが閃光姫の人気はすさまじく、王妃が前年に逝去していたタイミングでもあり拒否できる雰囲気は掻《か》き消された。

その年、ギーゼロッテは王妃となったのだ——。

「陛下！　思いとどまってはくださりませぬか！」

王都からすこし離れた丘の上。普段は使われない王城にある国王の私室に、強面でひげ面の大男が乗りこんできた。歳は国王よりやや上のゴルド・ゼンフィス辺境伯である。

「その話はもう済んだ。決定は覆らぬ」

ジルクは椅子に腰かけ、こめかみに指をあてて苛立ちを吐き出す。

「なんの罪もない赤子を、ただ素質がないとの理由のみで処断するなど納得がいきませぬ！」

ゴルドは唯一、ラインハルト王子の命乞いをした男だ。

「くどいぞ！　ゼンフィス卿《きょう》が納得するしないの話ではない」

「しかし！」

ジルクはふぅっと大きくため息を吐き出した。

「よいか、ゴルドよ。これは好機なのだ。ギーゼロッテの発言力を奪う、絶好のな」

ゴルドは床にどかっと腰をおろし、苛立たしげな口調となった。

「ふんっ。王妃も処断を受け入れていると聞く。あの女がこの程度で弱まるものか」

「素質の低さを問題とするなら、余と王妃、どちらにも責を問われよう。が、死産となれば『母体に難あり』との印象操作が可能だ」

ジルクはにやりと笑う。

「素質が高ければ王妃から引きはがし、余にのみ忠誠を誓う人形に仕立てるつもりだったが、それに比べれば今回は楽だと思わんか？」

「ゲスに堕ちたか、ジルク」

「発言と言葉遣いには注意せよ、ゴルド。余は今や国王。幼きころのような間柄ではない」

歳の近い親戚同士。かつては兄と弟のように過ごした時期もあった二人の間には、いつしか溝ができていた。

ゴルドは怒声をぐっと堪え、弟を諭すがごとく口調を柔らかにした。

「身分を隠してどこかへ預けてみてはどうだ？　本当に命を奪う必要がどこにある？」

ジルクは首を横に振る。

「あやつの左胸には〝王紋〟がある。いかに隠そうとも王族であると知れるだろう」

王家には特殊な魔法がかけられている。王位継承の儀式で国王以外の〝王紋〟は消え、その代の国王の子にまた現れるのだ。

「次の王が決まるまで隠し通せぬものか？　なんなら儂《わし》が預かってやる」

「いい加減にせぬか。あんなポンコツ、この世にいるだけで腹立たしい。これは高度に政治的な問題だ。いかに辺境伯であろうと余の決定に従わねば、卿も処断の対象となるぞ！」

ジルクは怒声を張り上げると、「これだから思慮の足りぬ武人は……」などとぶつぶつ文句を垂れる。

ゴルドは怒りを通り越し、呆《あき》れ果てていた。

（たしかに儂は政治に疎い。だが、同じくお主が『思慮の足りぬ武人』と侮る閃光姫こそ、小狡《こずる》く頭の回る女狐《めぎつね》であると知らぬのか……）

ギーゼロッテは『武』に特化した魔法剣士である。

自己と武具を強化した接近戦はもちろん、多彩な攻撃魔法で敵を薙《な》ぎ倒してきた。

一方で彼女は実力と美貌に物を言わせて多くのブレインを従え、本人もまた強《したた》かに計略を巡らせて今の地位に上り詰めたのだ。

前王妃が病気で逝去したのも、彼女の策謀であるとゴルドは睨んでいた。

閃光姫にとっても王子の処断には意味があるに違いない。それが何か思い至らない自分の愚かさが、もどかしかった。

「もはや卿と話すことはない。すぐに出ていけ」

これ以上は聞く耳を持たない。下手に詰め寄っても激昂《げきこう》させ、王子の死期を逆に早めてしまいかねなかった。

（とはいえ、なんとか救えぬものだろうか……）

ゴルドは重い腰を上げ部屋を出ていく。

けっきょく夜を徹して、慣れない思案に耽《ふけ》るのだった――。


一方、王妃ギーゼロッテはブレインたちと王城の離れの奥間で密談していた。

「王妃殿下、よろしいのですか？　王子が死産扱いされれば、御身に問題があるとの噂《うわさ》が立ちかねませんが」

一人の騎士が尋ねるも、ギーゼロッテは笑い飛ばした。

「構わないわ。『次』で結果を出せばよいのだもの。けっきょく陛下は、わたくしにはふさわしくなかったのね。陛下にはせいぜい今だけ安心なさっていただきましょう」

彼女が目配せすると、ローブをまとった老魔法使いが下卑た笑みを浮かべた。

「はい、〝王紋〟を宿す古代魔法の解析は完了しております。それを王妃様に施せば、次からはいかなる『種』でも王紋が御子に現れることでしょう」

「でもアリバイ作りは必要ね。また何度かお相手しなくてはならないのがすこし苦痛だわ」

彼女からすれば、王家はすでに衰退の渦中にあるとみている。先々代から最大魔法レベルは下がる一方。なんの期待もしていなかった。ただ『王家』であることを除いて。

「ま、次の相手はきちんと選ばないとね。もしかしたら貴方たちの誰かかもしれないわよ?」

妖艶な笑みに、ブレインの男性陣は目の色が変わる。

ギーゼロッテはその様を楽しむように、くすくすと笑うのだった——。


——で。命の危険に晒《さら》されている王子はと言えば。

(ふぅ、すっきりした)

彼はまるで便意から解放されたかのような菩薩顔《ぼさつがお》で、ふよふよと空中を漂っていた。

実際そうだった。

襲い来る尿意と便意を結界魔法で押しとどめ、深夜遅くまで耐えに耐えていたのだ。おむつのない中、いやおむつがあっても垂れ流しは御免。

どうにか周囲が寝静まるまで待ってからトイレに飛びこんだのだ。

寝床に入って考える。

闇夜に紛れて逃げ出すのもひとつの手だ。が、一生追われる立場になるのは避けたかった。

（俺を殺すつもりなら、いっそそれを逆手に取ろう）

まだ殺害方法は知り得ていないので、まずはそれを確認する。そのためにも、

「すぴー」

今はゆっくり休むことに決めたのだった――。

★

「妙な命令だよなあ」

軽鎧《けいがい》を着た兵士さんが、俺を抱えてそう零《こぼ》す。

ちなみに俺は白い布で首から下をぐるぐる巻きにされ、かごの中に入れられていた。

「この赤ん坊、罪人の子か何かなのかね？」

連れの兵士さんがそう尋ねるも、答えを知っているのは当の俺一人である。俺が王子様だと知ったら、こいつらどうするんだろうな。売り飛ばされる未来しか見えない。

「ま、命令は命令だ。悪く思うなよ？」

ちっとも罪悪感を抱いていなさそうな兵士は、深い森の中のぽっかり開けた場所に着くと、赤ち

ゃんかごをぞんざいに地面に置いた。

「ここらはヘルハウンドの縄張りだ。とっとと帰ろうぜ」

「そうだな」

兵士たちはそう言って振り返りもせず、俺をそこに置き去りにした。

そう。俺は捨てられたのだ。

我が父、国王は自ら手を下すわけでもなく、部下が王子を殺すのも許さなかった。

結果、生まれたての赤子を森に捨てる暴挙に出たのだ。

俺を擁護する声は極少数。というか一人だけ。強面のおっさんだったが、なんであそこまで必死だったんだろうな。何か裏があるんじゃない？

結局のところ俺は〝人〟を信じない。信じられない。

前世でも、転生した今でも、人は腐った心しか持ち合わせていないのだ。たぶん、みんな、俺を含めて。

などと感傷に浸っていても始まらない。

獣に食われるなんてまっぴらだ。俺は今を生きる！

まあ、直接的な殺害方法でなくてよかった。少なくとも獣が現れるまでは死を偽装する手立てをいろいろ考えられるのだから。

森の中、開けた場所に寝転がる俺の視界には、枝葉に切り取られた青い空と、そこを流れる白い雲。俺が生まれたところは王都の側にある王城らしいが、そこからはかなり離れているようだ。

とりあえず起き上がるか、と柔肌に結界を張りつけたときだ。

「う、うわーっ！」

「な、なんでこの森にフェン――うぎゃ！」

遠く、そんな叫び声が聞こえた。俺を捨てに来た兵士たちだ。

すぐ静かになってのち。がさりがさりと茂みの鳴る音や、バキバキッと樹木が折れる音がした。

で――。

なんとなく視線を横に流すと、木々の間からぬっと巨大な頭が現れた。

大きなワンちゃんですね。

ふさふさの毛は燃えるような赤色で、しゅっとした鼻筋が実に凜々《りり》しい。

でもふつう、犬って体高が十メートルもないよね？

さすがは異世界。魔物ってやつか。

兵士たちが言っていたヘルハウンドかな？　でもなんか違う気がする。

正体不明のお犬様は遠くからじっと俺を見下ろしている。すぐに襲いかかってくると思ったけど、あまりに食べ応えがなさそうで落胆しているのだろうか？

ひた、ひた、と一歩ずつ、まるで地雷でも警戒するようにゆっくり近づいてくる。

だが、あんぐりと口を開け広げ、ワンちゃんはすさまじい勢いで飛びかかってきた。

ガンッ！

『ッ⁉』

俺の頭の中で誰かの驚く声が響いたような？　とにかく俺は喰《く》われることなく、巨大な赤毛のワンちゃんは鼻先を強打して悶絶《もんぜつ》する。

うん、どうやら成功したらしい。

俺は結界魔法を発動していた。

俺のイメージどおりに、『透明な壁に囲まれた一定領域』――ワンちゃんを囲む、透明な檻《おり》を構築したのだ。

ワンちゃんはすぐさま体勢を整えるも、きょろきょろ見回して困惑している模様。やがて四方や天井に体当たり。しかしびくともしない。地面を掘ろうとしても土を掻き出せなかった。

さて、当面の危機は去った。

というか見た目に反してこの犬っころ、実は弱いのかもしれない。魔法レベル２しかない俺の結界魔法に閉じこめられてるんだから。

とはいえ、いつ破られるかもわからない。

今のうちに攻撃手段を確保せねば。

ぐるぐる巻き状態の白い布を結界魔法で取り去り、むくりと身を起こした。ウォーミングアップがてら、そこらを走ったり飛んだり跳ねたりしてみる。全身で風を浴びる俺。気ん持ちイイ！

『なっ⁉』

またも妙な声が聞こえた気がしたが、辺りを見回しても誰もいない。大きな赤毛の犬っころが、低い姿勢でじっとしているだけだ。

まあいっか、と気にせず周囲に無数の小さな透明結界を展開する。ちょうどよさげな大木を目掛け、今俺に出せる最高速度で小結界を撃ち放った。

ズドドドドッ！

大木の根元付近がきれいさっぱり消え去って、そこから上がずずぅんと地面に倒れた。

『なぁ――ッ⁉』

どうにも幻聴がうっとうしい。

またも辺りを見回す俺。

でもやっぱり誰もいない。ワンちゃんが口をあんぐり開けているだけだ。

しかしなかなかの威力だな。機関銃を乱射するより強そうじゃん？　よく知らんけども。

さっそくこれをワンちゃんにぶっ放し、俺は命の危機を潜り抜けるのだ――なんて安直に考えるほど俺はお気楽ではない。

この世界は魔法が幅を利かせている。このくらいの威力は下の下である可能性は極めて高いのだ。一発一発はたぶん軽いだろうから、魔法防御壁的なもので簡単に防がれてしまうかも。

なにせ相手は魔物。魔法を使えてもおかしくはないのだ。

倒れた大木の上に岩のような透明結界を浮かべてみた。そこのワンちゃんをつぶせるサイズだ。

思いきり落っことす。

大木は木っ端微塵になって地面にも大きなへこみが生まれた。衝撃波が迫ってきたので結界で防御する。

どうかな？　これならあの巨大な犬にも勝てるだろうか？　いや、でもなあ……。

『いったい、なんなのだ……？　突如大木の根元が粉砕され、その後に地面が……。今のは魔法なのか？　爆裂に、重力操作……？　そしてこの透明な壁はただの魔法壁ではない。空間そのものを固定しているのか？　いや、しかし――』

幻聴がぶつぶつ何か言っている。

『おい、先ほどから貴様が何かやっているのか？』

今度は質問を飛ばしてきた。さすがに看過できないな。

三度辺りを見回す俺。

どうしようもないくらい誰もいない。大きな犬がわなわな震えているだけだ。

実は俺、半径百メートルの大きな探知用結界を構築していた。また魔物とか来たらやだしね。

蟻《あり》の一匹でも侵入すれば警報が鳴るようになっている。実際さっきから虫やら鳥やらが何度も出入りしてうるさいったらなかった。

俺はより詳細に調査すべく二種類の結界を作る。

ひとつは範囲型の結界。

俺の周囲から徐々に広げていき、草木や岩とは違うものに反応する。

もうひとつは、例の透視用結界の応用。

範囲型結界で反応したところに板状結界を飛ばし、それと結んだ別の板状結界で眼前に映像を表示するものだ。

反応があるたび、板状結界を作って飛ばす。

ウサギさんが映った。お、鹿もいるな。ん？　犬……にしてはでかい。そこにいる巨大犬より小型だが、黒毛の狼《おおかみ》っぽい群れを発見。尻尾を丸めてちょっと怯《おび》えているような？

『その、窓のような浮いている物体はなんだ？　おい、聞いているのか！』

幻聴には耳を貸さず、続けての妙な反応に気を引き締めた。

これは……俺を捨てた兵士たちだな。息をしている様子はない。というか全身血まみれでめちゃくちゃグロかった。

不思議なことに、グロ画像耐性が極端に低い俺でもなぜか動じなかったのだが、それはそれとして。

やはり人語を話しそうな生物はいなかった。

推測するに。

お化け？

『絶対わかっていて無視しているだろう？　目の前にいるフレイム・フェンリルが今、貴様に呼びかけている』

苛立ちを孕《はら》んだ声音だ。

この世界では獣がしゃべるのか。すごいな。

ところでこの犬、凛《りん》としたきれいな女性の声だな。雌なのかな？

三次元では母親以外とまともにしゃべったことのないヒキニートの俺は、とたんに緊張するのだった——。

★

獣がしゃべった。

まあ、サイズ的に魔物だろうし、異世界では何が起こっても不思議ではない。

ただ問題は、俺が他人とコミュニケーションを取るのが苦手なヒキニートということだ。

でもまあ、相手が人じゃないなら大丈夫、と思いたい。

犬とか猫とかハムスターとか好きだし。なんとなくやれそうな気がするも、根本的な問題があった。

「……だー、うー」

　俺、まだしゃべれません。赤ちゃんだからね。

『会話はできないのか？　先ほどから論理的思考の下に行動していたように見えたが……』

　だからといって諦めない。俺には何かと便利な結界魔法があるのだ。

　口の中に『考えたことを入力すると空気を振動させて声のような音を発する結界』を作ってみた。我ながら都合が良すぎるなあと考えたものの、

「はじめまして」

　イケた。ボイスチェンジャー使ったみたいな妙な高音だけど、声が出た。

『気持ちわる！』

　不評だった。

『いや、すまない。赤子が妙な声を出すのに驚いたが、すでに走り回ったり宙に浮いたりを見たあとだ。今さらだったな』

　赤毛のフェンリルは頭を下げる。

『さて、言語による意思疎通が可能ならば尋ねたい。貴様……いや、君は何者だ？　生後間もない人の子のように見えるが……』

　とりあえず自己紹介をしておくか。名前は……ラインハルトだっけか。長いな。変えよう。

「俺はハルト、と言います。この国の王子として生まれましたが、魔法レベルが低過ぎていらない子認定され、捨てられました」

本名を切り取って日本人っぽくしてみた。

赤いお犬様は目を丸くする。

『王子だと？　閃光姫ギーゼロッテ・オルテアスの子か？　たしかにその左胸にあるのは〝王紋〟だが……いや問題はそこではなく！　魔法レベルが低いだと？　君からはとんでもない魔力を感じる。人の域を、ともすれば神代の神々をも凌駕《りょうが》すると思えるほどに底が知れない』

「測定結果では、最大魔法レベルが２でした」

『んなわけあるか！』

そう語気を荒らげられましても。俺にはその事実しかないので、これ以上の説明はできない。

だんまりになっていると、何やらぶつぶつ言い始めた。

『む、そうだな。君の魔力を喰らわんとした私を、警戒するなというほうがおかしい。生まれてすぐ森の奥に捨てられたのも込み入った事情があるのだろう。はっ⁉　まさか……』

一人芝居じみた独り言を続けるお犬さんは、両目を見開いた。

『魔王の生まれ変わりか⁉』

なんでよ？　俺の前世は日本人のヒキニートです。

だがよく考えてみたら俺がクソザコだと知られるのはマズい。変に誤解してくれたのなら、それに乗っかるべきだろう。

「そうです。私が魔王です」

『そうか。成功していたのだな。だから君は、我らを逃がして一人で……』

なんだかうるっとしている様子。

『しかし傑作だ。自らを滅した閃光姫の腹の中に転生するとはな。何を企んでいるか知らないが、なかなかやるじゃないか』

今度は陽気になったかと思えば、

『だが妙だな。魔王ならどうして私を認識していない？　話し方も違うし……』

じろりと睨まれた。忙しい犬だな。仕方がない。誤魔化そう。

「うっ、頭が……。俺は、何者なんだ？　思い……出せない！」

これならどうだろう？

『ふむ。転生魔法の弊害で記憶が混濁しているのか？　さしもの魔王も神代の秘術は荷が重かったとみえる』

よかった。誤魔化せたらしい。

『忘れているなら、それでもいい。君にとどめをさされるのなら本望だ。さあ、煮るなり焼くなり殺すなり、好きにするがいい』

ゴロンと転がり、お腹を見せるワンちゃん。

知ってる！　服従のポーズだ！

ん？

ここで俺は、彼女（？）の異変にようやく気づいた。

「ケガ……？」

赤い体毛よりも濃い赤色の液体が、横腹にべっとり付いていた。

『ああ、これか。魔族狩りの連中に不覚を取った。今はほぼすべての魔力を注いで傷をふさいでいるがそう長くはもたない。私は攻撃特化であるから治癒は得意でなくてね』

乾いた笑いが聞こえた気がした。

なるほど。

魔法レベルが2しかない俺がこの魔物を閉じこめていられるのは、彼女（？）が全力を出せていないからか。

俺はじいっと犬の横腹を眺める。傷口は体毛で隠れて見えないが、話しぶりからはかなりの重傷っぽい。

治してあげたい、と思った。

俺は前世でも人には優しくされていなかったが、動物（特にもふもふ系）には癒やされてきた。

でもなあ、治したとたんに結界を破って襲いかかってくるかも。

魔族というからには悪者なんだよね？　でも話してる感じでは優しそうに思える。

わからん。さっぱりわからん。

俺は相手の性格を把握して思考を推し量るとかいう対人スキルが壊滅的なのだ。まして相手は犬。知らんがな。

しかしもふもふは好きだ！

葛藤した俺はダメ元で交渉してみる。

「あの、その傷を治したら、俺を見逃してくれますか？」

『見逃す？』

「ああ、いえ、じゃなくて、その……。と、とにかく、俺にかかわらないと約束してもらいたいなあって」

『魔王の君なら治癒魔法は使えるだろうが……』

残念ながら俺は結界魔法しか使えない。医療知識のない俺に『治療する結界』なんて都合のよい、医療ポット的なモノが作れるだろうか？

でも治すのが『傷』であるなら、なんとかなるかもしれない。

お犬さんは腹見せポーズのまま考えている。

『そもそも今の君は人間だ。魔族の私が約束を守ると思っているのか？』

「魔族って嘘《うそ》つきなんですか？」

『中には腹黒い者もいる。君――魔王を裏切った者どものように、な。だが私は誇り高きフレイム・フェンリル。この命に代えても約束は守ると誓おう！』

腹見せポーズのまま堂々と宣言したのだし、信じてもいいかな。

『ッ⁉　な、なんだ、これは？　傷が、ふさがった⁉』

まずは体毛で覆われて見えない傷をスキャン用の結界で正確に読み取る。

けっこう深く切られていて内臓にまで達していた。よく生きてたなあ。

で、切断された部分をつなげる結界を無数に用意する。あとはそれらをぐいっと引っ張ってぴったりと密着させた。

ただし、これでは『傷を結界でつないでいる』状態にすぎない。

ここから切断箇所の筋肉や臓器の外側部分にテープのような結界を貼り、初めに密着させた結界を消滅させた。毛細血管とかも個別に処置する。

細かい作業を素早く並行して行ったからけっこう神経を使ったな。でも魔力はそんなに減った気はしない。使った気はするのが不思議だった。

それに、もっと上手いやり方がありそうな気がする。まあ今はこれでいいや。今後の課題にしよう。俺自身がケガしたときのために。

そういえば、ずっと気になっていることがあった。

ぽかんとしている犬さんに尋ねる。

「あなたの名前はなんですか？」

『それより今何をした⁉』

怒られてしまった。

『いや、すまない。状況からして君にはまず感謝すべきだったな。ありがとう。なのであらためて――こほん。今何をした⁉』

「えっと、治療？」

『疑問形なのがとても不安だが、たしかに傷はふさがっている。しかし治癒魔法とは感覚が違うような……』

詳しく説明するのは面倒なので、「で、お名前は？」と再び尋ねた。

『やけにこだわるな。私の、名前か。気安く訊《き》いてくれる。これも忘れているようだが魔族の個体名には特別な意味がある。今は人間たる君に教えるわけには――』

「じゃあ、『フレイ』で」

『な――ッ⁉』

お犬さんは腹見せポーズで固まった。

「あ、ダメでした？」

たしかフレイム・フェンリルだと言ったから、犬とか呼ぶのは変だし、種族名を省略させて呼ばせてもらおうと考えたんだけど……。

『…………いえ。フレイ、ふふ、よい響きです』

どうやら気に入っていただけたようだが、なんで丁寧口調？

しかもなぜだかフレイさんはごろりと転がり身を伏せると、

『囚われたにもかかわらず、命を救われた。そのうえ、新たな名もいただいた。ここに契約は成立しました』

ん？　契約ってなに？

フレイさんは首を深々と下げて続けた。

『我が主よ、この身を貴方に捧《ささ》げましょう。たとえ記憶がなかろうと、貴方は我が盟友にして導く者。かつて果たせなかった忠節を、今度こそまっとうすると誓いましょう！』

武士かよ。

なんか面倒くさい流れになっているようだがそんなことよりも。

俺はさっきから、非常に危険な状態に陥っていた。

「お腹が、空きました」

『へ？』

「おっぱいを、ください……」

俺、赤ちゃんなので母乳しか受け付けないのです。

★

この世に生を受けて二日とちょっと、俺は何も口にしていなかった。出すものは一度放出しているのだけどね。

空腹はまだ我慢できるけど、食事問題の解決は急務と言えた。

森の中なら食料は豊富。

しかし俺は赤ちゃんだ。

肉や野菜をミキサーにかけて（たぶん結界魔法で可能）ドロドロにしても、体が受け付けるかどうかわからない。

たぶん母乳かそれに近い成分の液体しかダメだよね？

とはいえ、性別不詳で乳飲み子がいるかどうかも不明な獣に母乳を求めてもせんなきこと。

よくわからんうちに主従関係が結ばれてしまったが、部下に無理難題を押しつけるのはダメ上司だなと反省しきり。

『おっぱい……母乳ですか。それならば、どうにかなりますが――』

「マジで⁉」

素で驚いた。ボイスチェンジャーみたいな声がさらに高くなる。

『傷は……ええ、大丈夫のようです。我が主のため、ここは覚悟を決めましょう』

フレイさんは、そう言って目をつむる。

ぽわっと大きな体が光を帯びた。光は強さを増し、まばゆいほどに輝いて……その巨軀《きょく》がみるみる縮んでいって…………人になったぞ？

体毛と同色の赤い髪が腰まで流れ、頭の上にはぴこんと犬耳がのっかっている。お尻からはこれまた赤いふさふさの尾が。

豊満な胸。くびれた腰。しなやかで長い手足。整った美しい容貌。

すっぽんぽんの美少女がいた。

「……ふぅ。状態に異常はありません。人型への変化は成功のようです」

さっきまでは頭の中で響いていた美声が、耳から入ってきた。それはそれとして。

「服を着て！」

叫びつつ、俺も裸であるのを思い出す。

獣相手ならまだしも相手が人、しかも若い娘さんならなおさら。赤ちゃんだが恥じらいはあるのだ。

俺は脚を閉じて股間を、両腕で胸を隠した。

陰部はもちろんだが、転生前の俺は両乳首に長い毛が数本生えていたのが我慢ならなかった。その名残だ。今は頭部も薄く首から下はつるつるだけどね。

「お、お目汚し、失礼しました。しかしこの姿は私本来の姿の特徴を元にしているため変更はできかねるのです。しばらくは本来の姿に戻れませんし……申し訳ありません」

「ああ、いや、お目汚しとかじゃなくて、たんに目のやり場に困るというか……ええい！　それ！」

俺は彼女の体のラインに合わせて結界を作り、色を付けた。ぱっと思いついたのがこれだったのだが、要するにライダースーツみたいなやつだ。

「逆にエロい！」

色を黒に選択したのもあって、セクシー女怪盗みたいになってしまった。

「重ね重ね申し訳ありません。衣装を用意していただきながら、どうやら着こなせていないようで……」

違う。そうじゃなくて……まあいいか。説明が面倒だ。

突然エロい裸とエロい格好の美少女に遭遇して動揺したが、俺が赤ちゃんだからか性的興奮はない。具体的に言うと俺の息子がちんまいままだ。

「ところで我が主。この衣装も貴方の魔法なのでしょうか？〝無〟から〝有〟を生み出すなど、神域をも超越した力でありますが……」

結界を作っただけとは言えない。

俺が属性を持たず、だから結界魔法しか使えないと知ったらフレイさんはどう感じるだろう？

『なによあんたクソザコじゃないの！　よくも私を騙《だま》したわね！』

などと憤慨し、怒りのあまり俺を頭から丸かじりするかもしれないな。

うん、黙っておこう。

でも結界魔法のなんたるかは知っておきたい。城のモブおじさんたちが語っていた内容の答え合わせだ。

「フレイさんに訊きたいことがあるんですけど」

「ふふ、我が主よ。そう畏《かしこ》まった話し方は必要ありません。むしろ主従関係は明確にすべきです。ええ、以降はハルト様とお呼びいたします。私は『フレイ』と呼び捨て、なんなりとお命じください」

片膝をついて恭しく頭を下げられると俺はいい気になっちゃうけど？

「俺、結界魔法を練習中なんだ。でもいまいち結界魔法がなんなのかよくわかんなくて」

「結界魔法、ですか？　そんな初歩の魔法をマスターせずとも、ハルト様はすでに様々な魔法を操れるご様子。ならばさらに先に進まれるべきです。私は火炎系が得意ですので――」

「いえ結界魔法で！」

今のところ余計な知識は必要ないのだ。

「は、はあ、では……こほん」

フレイはなぜだかその場に正座して語り始めた。

「結界魔法とは、いわば『陣地』を構築する魔法です。領域を定め、属性を付与することにより攻防で自身に有利、あるいは相手に不利な状況を作り上げます」

「属性は関係ないんじゃないの？」

「使用の際、属性に縛られないという意味ですね」

たとえば、とフレイは自身になぞらえて説明する。

彼女は火炎系の攻撃魔法を得意とするが、【火】属性を付与した結界内で使えば火炎系魔法の威力が増す。逆に相克する【水】属性の結界に誘いこまれると得意魔法の威力が弱まるという。

「へえ、なかなか便利だね」

でも俺はそもそも属性がないから意味ないか。

「実際のところ自由度はさほど高くありません」

「そうなの？」

「あくまで補助ですからね。あと大きなデメリットと言えば、結界は構築した際、領域が固定されてしまうので動かせません」

「え？　ふつうに動かせるよ？」

俺は色を付けた箱状の結界を作り、あっちこっちに飛ばしてみせた。フレイ、あんぐりである。

「えぇ……？　た、たしかに動いている。物体に付与してそれを動かしているのではなく、単体で。というかそれは、結界なのですか？」

面白いので二十個に増量して遊んでみた。

「ちょ、無茶はおやめください。結界は同時に複数展開した場合、数が増えるごとに維持するための魔力が飛躍的に増し、脳への負担も大変なことに！」

「維持に魔力なんて必要ないよ？」

フレイ、またもあんぐり。

「動かすにはちょっとだけ使うっぽいけどね。そんなに負担じゃないかな」

細胞なんかをたくさんくっつけたりはさすがに疲れたけど。

「ですから、そもそも動かせないはずなのですが……」

もしかして呆れてるのかな？

「あれは、本当に結界なのか……？　しかし創造魔法は失われたものであるし……。ハルト様の結界魔法は端的に言って我らの常識からかけ離れている。だが結界魔法は属性に縛られない特殊性があり、基本であるがゆえに誰も深くは考えず……。しかし、ええ……？」

絶賛大混乱中の彼女の様子からすると、どうやら俺の結界は特殊らしい。

てことは、フレイに質問しまくってもこれ以上はわからんか。

ということで。

「そろそろおっぱいをもらえる？」

腹を満たしておきたい。

「へ？　あ、ああ、そうでしたね。えっと、この衣装はどうやって脱げば？」

「首のところに摘むところがないかな？　それを下に引っ張ればいいよ」

「これですね。では、失礼いたしまして――」

フレイは首のファスナーをジィィィとへその辺り限界まで下ろし、よいこらしょって感じで「全部脱ぐ必要が？」

なんでまたすっぽんぽんになるのさ？

「胸だけ出せばいいんだよ、胸だけ」

セクハラ発言にしか聞こえない。

「何をおっしゃいますか。事を為すのに、胸だけというわけにはまいりません」

「事を……って？」

フレイは全裸ドヤ顔正座待機、という斬新なスタイルでもって言い放つ。

「もちろん生殖です。人の仕組みに詳しくはありませんが、母乳は母体が命を宿して初めて湧き出すものでしょう？　さあ、私に種付けしてください」

ははぁん、さてはこいつ、天然だな？

どうやら俺の食事問題は暗礁に乗り上げてしまったらしい――。

★

なぜ俺は、異種族に人の性教育を行っているのか？

「だからね、排卵しなければ子宮内で受精できないし、じゃなきゃ子どもはできないんだよ。仮に受精して着床しても母乳が出るようになるのはずっと先で、それまで俺は生きてないわけ。わかる？」

全裸で正座したままぷるぷる震える赤髪の美少女、フレイ。

「も、申し訳ございません。私の軽率な発言で変に期待をさせてしまって……」

フレイは目に涙を潤ませる。

このままだと切腹しかねないと俺は考えた。ので、先手を取る。

「まあそう落ちこまず。ダメならダメで手はあるよ。とりま――」

俺はいそいそと白い布を体に巻きつけ、寝床（最初に入れられていた赤子用のかご）にすぽんと収まった。


「侵入者への対処が先だ」

探知用結界の警報が強く鳴った。小動物や鳥ではなく、魔力を持った〝人間〟だ。

「私も感知しました。こちらへものすごいスピードで迫って……いったん立ち止まったようです」

うん。ぐちゃぐちゃの死体（俺を捨てた兵士たち）のところで止まり、またすぐにこっちへ走ってきた。

あまり時間はない。

ライダースーツを着るのに手間取っているフレイが隠れる間もなかった。

「俺が立ったり飛んだりしゃべったりは秘密ね。まずは相手の目的を探ろう」

告げた直後、ずさーっと茂みを突っ切って、鎧姿の大男が現れた。

強面のおじ様。たしか名前はゴルド・ゼンフィスだったか。辺境伯の。最後まで俺の命乞いをしてくれた人だ。

だからといって安心はできない。

「殺せばよいのでは？」

「いや、ひとまず会話だ。その人は――」

糸電話みたいな結界を作り、フレイにだけ聞こえるようにゴルドさんの概要を説明する。

「あの人は俺を助けようとしたけど、王家は俺を殺したがってる。油断しないでね」

「やはり殺すべきでは？」

こういうとこ、魔族だなって思う。

「……とりあえず目的を聞いてほしい」

天然思いこみ娘に託すのはとても不安だが仕方がない。

もしこのおじさんが独断で秘密裏に俺を救いにきたなら、離乳食を食べられるようになるまで保護してもらうのも手だ。

仮に王の命令で俺の死を確認しにきたのなら、彼を欺いて俺の死を偽装することに一役買ってもらおう。

いずれにせよ慎重に見極めなくちゃならない。

「承知しました」

フレイは小声で返したあと、凜とした声を響かせた。

「ここに何用で参られたか？　『地鳴りの戦鎚《せんつい》』よ」

地鳴……何？

おじさんは手にした荷物を地面に下ろし、バカでかいハンマーみたいなのを構えた。

「魔族か……。儂を知っているようだが逆に問おう。そこの赤子になんの用がある？」

「ここを通りがかったのは偶然だ。しかしそれこそ、私にとって最高の幸運だった。我が生涯をかけるに値する、主君を得たのだからな！」

だーかーらー、

「そういうのいいから！」

俺は小声で叫ぶトリッキーな技を披露する。

あれ？　ダメでした？　みたいな顔でこっちを見ないで。

「主君だと？　魔族が人の子を主と仰ぐか」

「そこはまあ、あれだ。種族がなんであろうと私には関係ない、とかそういう感じだ。たとえ宿敵たる閃光姫の子であろうとな」

「ほう？　その子が王子だと、どうして貴様が知っている？」

「え？　あー、ええっと…………そう！　〝王紋〟だ。ハルト様の左胸に、たしかに現れていた」

ちゃんとできました！　みたくキラキラした目でこっちを見ないで。尻尾をパタパタしてドヤってるとこ悪いけど、君、今マズいこと言ったよ？

「ハルト、とは貴様が付けた名か？」

しまった、という顔をするフレイ。

ここは上司として適切な指示を与えるべきだ。俺、働いたことすらないけども。

ごにょごにょ伝える。

こくりとうなずくフレイ。

「そのかごの中にメモが入っていた。『大切に育ててください。名前はハルトです』とな。ちなみにメモはうっかり燃やしてしまった」

ボッと片手から火を出す。

俺が命じておいてなんだが、めちゃくちゃ嘘っぽいな。

「どうにも胡散臭《うさんくさ》いな。罪の意識に耐えかねた兵士が独断で行ったにしては、知らぬはずの本名をもじっているのが不可解だ。だが待てよ？　もしやマリアンヌ様が？　いや、さすがに二歳の幼さでは……だが聡《さと》いお方でもあるし……」

おや？　おひげのおじさんが揺らぎ始めた。ここは主導権を奪い返すチャンス！

「そちらばかり質問せず、いい加減に先の質問に答えろ。音に聞こえし『地鳴りの戦鎚』が、こんな森の奥深くに何用か！」

「……その赤子を、迎えに来た」

「断る！」

　君ちょっと黙っていようね、とやんわり諭す。

「魔族の貴様がなにゆえその子を欲するかは知らぬ。が、儂とて殺《あや》めるつもりは毛頭ない。ただ人の業に翻弄されて死にゆくしかない命を、救ってやりたいだけだ」

　フレイは命令どおり黙っていたのだが、ここは理由を訊くところなのでそう指示する。

「王命に背いてでもか？　なにゆえだ」

「……以前、儂の妻が身ごもった。だが子どもは産声を上げることがなかったのだ。たとえ素質がなかろうと、生まれたのなら生を謳歌して欲しい。儂の、我がままだな」

　俺は人を信じない。信じられない。

　でもなんだろう？　このおじさんは信用していい気がする。でも前世の俺は、そうやって期待するたび、縋《すが》るたびに裏切られてきた。

　この世界でも繰り返されてしまうのだろうか？

　急速に、感情が凍っていく。

　前世の俺はただ怯え、ふさぎこみ、暗闇に逃避するだけだったのに。

　ああ、ダメだな。今は嫌なことを思い出すと、

――すべてを消してしまいたくなる。

考えるのはよそう。俺はすーはーと深呼吸して心を落ち着かせた。

ところで。

「う、ぅぅぅ……そ、そんな哀しいことが……ずびっ！」

フレイちゃんが涙をはらはら流している。感受性強すぎませんか？　ホントに魔族なの？

おじさんもそう感じたのか、どこか雰囲気が柔らかくなった。

「妙な魔族だな、貴様は。魔族は人の命など毛ほどにも感じないと思っていたが。道中で見つけた死体は貴様がやったのだろう？」

「人の兵士ならば、これすなわち敵。敵は見つけ次第殺す。しかしそれはそれ。愛する我が子を抱きしめることすらできなかった母親は、どれだけ哀しかったろうか。母の腕に抱かれることなく命ついえたその子は、いかに悔しかっただろうか。人だ魔族だなど関係あるか！」

ぶわっと涙や唾と一緒に鼻水まで飛び散らすフレイちゃん。可愛いのに残念だ。

「なるほどな。主君だのなんだのと怪しいところもあるが……そら」

ひげのおじさんは巨大ハンマーを下ろすと、大きな袋の中から革袋っぽいのを取り出してフレイへ投げた。

「密かに王子の乳母役に無理を言ってもらってきた。生まれて何も口にしていないはずだからな。腹を満たしてやってくれ」

どうやら水筒らしい。中には俺が待ち焦がれた母乳が入っているのだろう。

フレイは警戒していたが指示すると水筒の蓋を開け、俺の口にあてがった。

ぐびぐび飲む。

俺を殺すつもりなら、こんなまどろっこしいことはしないはず。しないよね？

ぶっちゃけ味はまったくわからなかった。でも空腹は収まった。

「で、魔族よ。貴様はその子をどうしたいのだ？　連れ去ったところで育てられるとはとても思えぬ」

うん、その意見には全面的に賛成です。

「主君と仰ぐのは自由だが、本人が望むかは別問題だ。せめて成人するまでは、その成長を見守るのが臣下の務めではないか？」

このおじさん、正論でぐいぐいくるな。

フレイはぐうの音も出ない。

「反論はないようだな。では取引だ。儂はその子を預かる。成人まできちんと育てると誓おう。心配なら貴様をその子の側仕えとして雇ってもいい」

ちょっと驚いた。よく知らないけど、この世界では人と魔族は敵対していると思っていたんだけど……その辺りつっついてみるか。

「魔族を雇用するのか。周りが許すとは思えんな」

「その姿なら人とのハーフと疑われまい。というか違うのか？」

「私は純血のフレイム・フェンリルだ」

あえて正直に告白させてみる。さあ、どうする？

「なんと……これはまた大物だな。どうりでヘルハウンドどもが近寄ってこないわけだ。話がそれたな。貴様が純血種の魔族であることは儂が黙っていれば済むことだ。貴様もそう振る舞えばいい。そちらの返答は？」

「私を信用する理由がわからない。ゆえに貴様を信用できない」

「儂とて貴様を信用などしていない。もし妙な動きをしたなら、この戦鎚で頭をかち割る」

「はっ！　吠《ほ》えたな人間。貴様こそ我が主に害ありと判断したなら、容赦なくその首を食いちぎってやる」

「どうして貴様がその子を主と仰ぐのか……今は訊くまい。取引は成立、と考えてよいか？」

そこすごく重要だと思うんだけど、それ以上に俺の命が大切ってことなのかな？

わからない。けど――。

「よかろう。ハルト様は貴様に預け、私はお側で監視させてもらう」

ひげのおじさんは小さくうなずいて巨大ハンマーを背に収めると、荷物の中から白い布を取り出した。

布をびりびりに破き、ナイフで自身の腕を斬りつけて血を布で拭く。

「王子を入れていたかごは破壊してくれ」

「獣に襲われ、食われたと思わせるわけか」

フレイは俺を抱え、かごを踏み潰した。

これで俺は死んだと偽装できたはず。ミッション・コンプリート！　乳児時代を生き抜く糧も（たぶん）手に入れたぞ！

ふひー、疲れた……。

でもフレイを介していたおかげか、対人コミュニケーション能力に著しく乏しい俺でもどうにかなったな。結果オーライと考えよう。

そんでもって――。

俺はゴルド・ゼンフィス辺境伯の庇護《ひご》の下、まず九年を生き延びるのだった――。

おまけ幕間　犬耳メイドの観察記録（一）

――これは猛犬じみていながら天然ボケっ娘な犬耳メイドの観察記録である。

というか一を聞いて十を誤解しそうな彼女が人族社会でちゃんとメイドさんをやっていけるのかどうか、心配な俺がこっそり様子を窺《うかが》ったその記録だ。


「いかがでしょうか？　この衣装は」

フレイが俺のところにやってきて大きな胸を張る。その姿はまさしくメイドさん。ロングスカートの伝統的スタイルと言えなくもない。

俺は乳母役の若い女の人の胸にしゃぶりついてちゅーちゅーしている。わりと恥ずかしいが赤子の俺が生きるためだ、仕方ないね。

朝母乳《ごはん》を終え、乳母役の人がいなくなったところで俺は告げる。

「いいね。似合ってるよ」

まだちゃんと声が出せないのでボイスチェンジャー音声である。

「ハルト様のお好みであれば幸いです。では私はこの戦闘衣装で城の難事を速やかに解決していきましょう」

「お前は何と戦うつもりなんだ……」

「むろん、頑固な汚れや隙間に入った取りにくい埃《ほこり》などです」

いちおう仕事への理解はあるんだな。

こいつは俺の側仕えとしてゴルド・ゼンフィス辺境伯に雇用された。とはいえ『魔族のハーフ』ということになっているフレイが彼の居城をうろつくとみんなビビってしまう。人と魔族はつい最近までケンカしてたらしいので。

そこで『この子は大して強くないよ、だからメイドとして雇ったよ』という感じで丸く収めようとの配慮だ。念のためふだんからメイド仕事をさせて周囲を安心させようって寸法よ。

「他の人に迷惑かけないでね」

「ご安心ください。ハルト様が成長なされるその日まで、いかなる屈辱にも耐えましょう」

なんか申し訳ない気持ちでいっぱいになるな。

で、フレイは颯爽《さっそう》と俺の前から立ち去ったわけだが。


心配で仕方ない俺はこっそり彼女を観察する。

「いざ、汚れを滅殺！」

モップを板間にべちゃっと押しつけ力いっぱいキュッキュッキュッキュベキッ。板を押し抜いた！

「軟弱な床め」

悪びれもしない。

続いて他のメイドさんとご一緒しての石壁掃除。手持ちブラシでゴーシゴシ。これは順調かと思いきや。

「あ、あの、フレイさん？　ブラシがどんどん短くなってますけど……」

力任せに擦《こ》ったものだから、毛の部分が摩耗してついには失くなってしまった。

「むぅ、人の姿では加減がわからんな」

姿がどうでも加減できないと俺は思う。

「ええい！　石壁にこびりついた汚れなどこうだ！」

フレイちゃん、爪をギランと伸ばしてガリッと削った。周囲はドン引きである。

同僚のメイドさんたちは恐々とし、衛兵のみなさんも警戒して監視を強化する始末。

こんなんでやっていけるのかなあ、と心配しまくりだったのだけど。

休憩時間になった。メイドさんたちは控え室みたいなところでティータイム。しばらくはお通夜みたいな重苦しい沈黙に支配されていた。

しかしこれではいけないとメイドさんたちは思ったのだろう。フレイを気にしながら「そういえばさ」みたくぽつりぽつりと会話を始めた。

すると――。

「私の彼、『この戦いが終わったら結婚しよう』って言ってたのに、親の反対に尻込みしてずる二年も待たされてるんですぅ……」

「ふん、約束を守らぬ男なんぞ（その首を）斬ってしまえ」

「そ、そうですよね。やっぱり（縁を）切ったほうがいいですよね！」

なんだか話が弾んできたぞ？　おそらく会話は噛《か》み合っていないと思い、俺なりに補足を入れておいた。たぶん合ってる。

その後はフレイに相談を持ちかける流れとなり、

「旦那が浮気してるみたいで……」

「姑《しゅうとめ》が意地悪なんです」

「隣に住むおっさんのいびきがうるさくて」

そのことごとくに、

「斬れ！」

とだけ返すフレイちゃん。

「なるほどー。『縁《そ》を切《れ》る』くらいの覚悟と勢いが必要なんですね」

いつしかみんなの相談役になりましたとさ――。

第二章　引きこもり志望、正義の味方になる

そんなこんなで俺は九年を生き延びた。

なんか偉そうだが、よそのお宅に寄生しての結果なので誇れない。

俺を引き取ったのはゴルド・ゼンフィス辺境伯。俺を捨てた国王とは親戚筋で、だからこの世界での俺とも血縁だ。しかし彼の行動は王命に真っ向から逆らうもの。バレたら俺ともども極刑は免れない。それでも俺を助けてくれた、とてもいい人なのだ。

当初二年ほどはゴルドさん――父さんの居城奥深くで、彼の妻（母さん）と数名しか知らない中ひっそりと育てられた。

願ってもない引きこもりである。

だから俺的には満足していたのだが、やはり隠して育てるのは可哀そうだと父さんたちは悩んでいた。

俺は脱引きこもりを決意する。

といってもまあ、一時的なものだ。いずれ快適な引きこもりライフを楽しむための準備期間に当てるつもりだった。

皮膚に模した薄い結界で〝王紋〟を隠す。名付けて『びっくりテクスチャー』。フレイがやった

ことにした。

直後、父さんは俺を正式に養子とした。盗賊に襲われた村から拾ってきたとかなんとか言って。

辺境伯の息子ハルト・ゼンフィスの爆誕である！

王子として生まれながら森に捨てられたものの、上級貴族の息子にまで上り詰めた。いや俺、なんもやってないけどね。

しかしあれだな。

乳離れしたら出ていくつもりだったのに、ずるずる父さんたちのお世話になってしまった。

それもこれも彼と、彼の周りの人たちの優しさに触れたからだ。

そうして俺は、九年を辺境伯領で過ごして――。

★

王国の北に位置する辺境伯の居城近辺は春先の今、朝も寒い。が、俺は自室を結界で覆って快適温度を保っていた。

小鳥のさえずりが聞こえる。外からではなく、目覚まし用に俺が作った箱型結界だ。そいつを消し、むくりと起き上がる。

ベッドから降りたところで人影に気づいた。

黒髪の男の子がいる。親譲りなのか、めちゃくちゃ整った顔立ちだ。ただし覇気がまるでない。ぬぼーっと虚空を見つめていた。

「なんだ俺か……」

この男児は俺の姿かたちをそっくりそのまま写したコピーだ。結界で作った。引きこもり生活を切望している俺は、いずれ外出するときに身代わりにしようと密かに研究している。でもね。

「おはよう」

「……」

呼びかけても返事がない。ただの屍《しかばね》ではないのだがまったくの無反応だ。

「見た目も触り心地も完璧なんだけどなあ」

指でほっぺをつっつくと、ぷにぷにと瑞々《みずみず》しい弾力が返ってきた。

「早いとこ完成させたいけど、ＡＩみたいなのはどうやって作ればいいんだろう?」

遠隔操作はできるしコピーを通して声を出すこともできる。けど自然な表情や仕草にはほど遠かった。

この九年。

俺は結界魔法に磨きをかけてきた。これが本当に結界なのかという疑問は横に置いて。

できることがたくさん増えた。

わからないことも同じだけ。

スタートから死にかけた転生後の人生は今のところ順調だ。あとは完全なる引きこもり生活を目指してがんばるだけだね。

ただまあ、悩みがないわけじゃない。

「おっと、もうこんな時間か」

いそいそと着替える。

基本、俺はこの部屋から出ない。引きこもりだからね。しかし日に三度は強制的に出る必要があった。うち一回が今まさにこのときだ。あとは昼、そして夕方に一度ずつ。

要するにお食事ですね。この世界でも日に三度は飯を食う。食事は家族そろってとるのが父さんの決めた家訓である。辺境伯のお仕事で不在がちな父さんがいないときもだ。

仕方なく部屋を出た。廊下をてくてく歩いていると、

「あらハルト、おはよう」

食堂の前で美人さんがにっこり笑顔で待ち構えていた。

金色の長い髪はつやつやで、おっとり清楚《せいそ》な佇《たたず》まい。大きな胸も相まって包みこむような癒やしオーラを醸していた。

「おはよう、母さん」

名はナタリア・ゼンフィス。そう、俺の義母にしてゴルド辺境伯の妻である。失礼ながらリアル美女と野獣。父さんとは二十も歳が離れている。若いね。

よくぞこれほどの嫁さんをゲットしたと最初は感心したものだが、猛アタックしたのはむしろ母さんのほうだ。おじ様好きだったとかなんとか。本人からの情報だから間違いない。

「あら、あらあら？　どうしたの？　どこか警戒したように身構えたりして」

「抱きつかれるのを警戒してる」

両手をわきわきさせているのだからそりゃあね。

「貴方はいつもそうね。もっとお母さんに甘えていいのよ？」

これでも中身は大人なのでね。前世から数えて三十近いおっさんだ。たとえ母子の愛情表現だとしても、なんだか父さんに悪い気がするのですよ。

俺があまりに警戒するものだから、母さんはがっくり肩を落とす。

「お母さん、哀しいわ……って隙あり！」

飛びかかってきたのをひらりと避ける。

「今日も失敗ね……」

ここまでが毎朝のテンプレート。俺たちはようやく食堂に入った。


長ぁいテーブルのお誕生日席におひげで強面のおじ様が座っている。御年五十一になっても壮健な俺の義父、この城の主でもあるゴルド・ゼンフィス辺境伯だ。出会って十年近く経つけど見た目はそんなに変わってないな。ぱっと見は恐ろしいが気のいいおじ様だ。

父さんともあいさつを交わすその最中。

「えいっ」

またも母さんが飛びついてきた。

同じくひらりと躱《かわ》す俺。

「ちぇっ」と口をとがらせる母さんを父さんは微笑ましく見ている。

そうして母さんと俺は対面の席に着いた。

これまたいつものテンプレート、変わらぬ日常の光景だ。

うん、いつもどおり。何も変わることなく、母さんの横に小さな女の子が怯え、て、座っていた。

さらさらした金色の髪は母親譲り。くりくりしたおメメと愛らしい顔つきもまた母親似の、将来とびきりの美人になることが約束されている少女。

俺の四つ下の義妹、シャルロッテちゃんだ。だが彼女はけっして俺を見ようとしない。完全に怯《おび》えている。大型犬に射竦《いすく》められた仔猫《こねこ》のようだ。

「父さん、やっぱ俺、食事は部屋でとるよ」

「ダメだ。お前はこうでもしないと部屋から出てこぬからな」

ぴしゃりと言いつつも、父さんはシャルロッテをちらりと見やる。

両親もどうして彼女が俺に怯えているのかさっぱりわからないようで、最近まではなんとか懐かせようとあれやこれやがんばっていた。

が、結果は芳しくない。

というわけで、いつものとおり食卓は重苦しい雰囲気に包まれていた。でもこれは最初だけ。

「相変わらず辛気臭いな。もっとハルト様を楽しませないか」

赤髪メイドの登場で雰囲気は一変する。

元は巨大なお犬様（本人は大狼《たいろう》だと主張）。なぜだか俺を魔王の生まれ変わりと思いこみ、名を与えたことで俺の臣下になってしまった女魔族のフレイだ。

出会ったころと容姿はまったく変わらない。本人曰《いわ》く『千年を生きる』そうで、実年齢は百七十歳くらいだそうな。正確な年齢は知らんとか。

ガラガラと台車みたいなのを押して料理を運んできた。

「そら笑え。今朝も料理長が腕によりをかけて作った美味しい料理を食すがいい」

まったく空気の読めない発言が続くも、父さんも母さんも表情が緩む。そしてなにより、

「フレイ！　おはようございます」

シャルロッテがぱあっと笑みを咲かせた。

「小娘、貴様は今朝も元気だな。子どもは元気が一番。褒めてやろう」

「はい、ありがとうございます。あのあの！　きょうも、あとであそんでくれますか？」

「却下だ。私にはハルト様のお世話という大任が――」

「フレイ、遊んでやってくれ」

俺は間髪容れずに告げる。

「というわけで許可が出た。遊んでやらんこともないが、幼子の相手をするには親の許可も必要だ。ゴルドにナタリア、いかに！」

こいつ従業員のくせにほんと偉そうだな。

「頼む」

「私も一緒にね」

シャルロッテが諸手を挙げて喜ぶも。

微笑ましく眺めていた俺と目が合うと、びくっとして目を逸らしてしまった。辛み。


食事を終えて部屋に戻ろうと歩いていたら、母さんに呼び止められた。

何か言われる前に答えておく。

「気にしてないよ」

「嘘《うそ》ばっかり……でもないわね。今は気にしてないみたい」

この人との会話はいつもこんな感じだ。傍から見てたら訳わからんと思う。

「シャルロッテがどうしてハルトに怯えているのかは、わからないわ。まだ幼いから理由をきちんと説明できないでいるのね。でも心の底では仲良くしたいと思っているんじゃないかしら」

「そうかな？」

「きっとそうよ。魔族のフレイには懐いているもの」

たんにもふもふが好きなだけじゃないかな？　その意味では気が合うとは思うんだけど。

母さんは困ったように眉を八の字にして寄ってきた。

突進するでもなく、飛びかかるでもなく、そっと俺を抱きしめる。

「行かないわよね？」

またも前置きナシだが、何を言わんとしているかは理解した。

「今のところはね」

母さんは小さくため息をついて俺から手を放す。

「貴方は誰がなんと言おうと私の子よ。シャルロッテと同じくらい、愛しているわ」

「……ありがとう」

俺もだよ、と言えないのが辛いところ。俺はもともと薄情な人間だからね。


部屋に戻り、ベッドに倒れこんだ。天井を眺めて考える。

長居するつもりはなかった。乳児期が過ぎれば城から出て暮らそうと考えていたのだ。

父さんや母さん、城の人たちの優しさに触れていたらいつの間にか九年が経っていた。

けど潮時かもしれない。

辺境伯の跡取りはシャルロッテか、そのお婿さんがなるだろう。シャルロッテが俺に怯えている原因を探るより、彼女の負担を一日でも早く解消するのが最良だと思う。

「でもなあ……」

俺は眼前に板状結界を作った。それと結んだ結界から映像が届く。

『はっはっはあ。遅い。遅いぞ小娘。その程度のスピードで私を捕まえられるものか』

『まてまてー、ですよフレイ。まだわたくしは、まけてませんっ』

追いかけっこをする赤髪メイドと女の子。

シャルロッテはびゅんびゅんと風を切って肉薄するも、フレイはひらりひらりと余裕で避ける。

いや待って。シャルロッテちゃんの動き速くね？　五歳の子どものスピードじゃないぞ。かけっこしたら確実に俺が負ける。

この世界の人たちって身体能力高いよな。暇つぶしに結界で外を眺めたりしてるんだけど、兵士さんはみんなトップアスリートを超える動きをしている。三メートルの跳躍とかざら。まさしくファンタジー世界の動きだ。

それはさておき、側では母さんが微笑んで見守っている。

実に楽しそうだ。

もし、俺が出ていったとして。フレイは付いてくるだろう。命令しても『それはそれ、主の下を離れろというのであればこの命、もはや不要です』とか切腹しそう。

フレイがいなくなったらシャルロッテは悲しむだろうし、余計に俺を恨むかも。

どうするかなあ？　悩むなあ。

毎度この時間帯はこんな風に頭を抱えているのだが。

「ま、今でも食事以外では顔を合わせないんだし」

なるようになるか、と俺は理想的な引きこもりライフを実現するべく、結界魔法の研究に勤しむのだった——。

★

ある晴れた日。

珍しく父さんに呼ばれて執務室へ入った。応接セットと壁一面に置かれた書棚。あとはこちら向きの執務机とそこに座る父さん。

「来たか。ちょっと付き合ってくれ」

父さんはそれだけ言って部屋を出ていく。よくわからんまま後に続いた。

ずんずん進んで外に出た。

引きこもりにはきつい陽光に目を細める。

城の中庭だ。いつもはシャルロッテが遊んでいる場所だが今はいない。代わりに剣を二振り持った若い兵士さんがいた。ん？　でもひとつは木刀だな。

父さんが剣を受け取ると、若い兵士さんはいなくなった。立ち去り際に「坊ちゃん、がんばってくださいね」と屈託のない笑みで俺を励ましたので嫌な予感しかしない。

「ハルト、今日からお前に剣術を教えようと思う」

ほらきた！

「あからさまに嫌そうな顔をするな」

父さんこそあからさまに呆《あき》れた顔してる。

外で体を動かして修行とか、引きこもりの風上にも置けない悪行。断固拒否したい。

「お前は魔法レベルが極端に低い。また世間に公表していないが属性も持たない。魔法での立身が難しい以上、なんらかの分野で才能を開花させる必要があるのだ」

「だからって剣術はちょっと……」

「何かやりたいことがあるのか？」

「そりゃもちろん引きこも――げふんげふん……魔法の研究？」

「なぜ疑問形なのだ？　ふむ。しかし研究者か。部屋にこもって何をしているかと思えば、いちおう考えてはいたのだな」

嬉《うれ》しそうになる父さん。

「だが研究職とて魔法が使えなければ苦労する。結界魔法も属性を付与せねば大して役には立たんからな。どの分野を研究している？」

「えっと……古代魔法辺りを」

今度は驚きに目を見開く父さん。

この世界では今ふつうに使われている現代魔法の他に、失われた神話時代の魔法——古代魔法というものがあるらしい。実際に使える人はいないそうなので研究しているのも稀《まれ》だ。

なので、このよくわからないふわっふわした分野に関心があるとか言っとけばなんだか偉そうな感じがしていろいろ誤魔化せると考えた俺。

「なるほど。そこに可能性を見出したか。すまんな。儂《わし》はお前を誤解していたようだ。いちおうどころか、きちんと将来を考えていたのだな」

意外にも好意的だ。これで剣術の修行なんてしなくても——。

「まあ、剣術の才がないとも限らん。ものは試しだ。かかってこい」

父さんは真剣のほうを俺に放った。そして自分は木刀を構える。

逃れられないらしい。

いやでもさ、木刀だって鈍器には変わりないのだ。痛いのは嫌です。

仕方がないので俺は自らを結界で覆う。相手は手加減するだろうとはいえ『地鳴りの戦鎚《せんつい》』の二つ名を持つ剛の者だ。俺が一本取るなんて無理無理。

可能な限り結界を固くして、あとは覆った結界を操作して脆弱《ぜいじゃく》な身体能力をカバーする。自らを操り人形にしてしまうのだ。外骨格型パワードスーツみたいな感じ。

「そら、いつでもいいぞ」

十メートルほどの距離を開けて対峙《たいじ》する。

俺はびゅーんと接近してぶおんと剣を振り下ろした。

「ッ⁉」

父さん、ひらりと避ける。当然だね。俺の剣は目標を見失って地面を叩《たた》いた。

ドォンッ！　バキンッ！

地面が抉《えぐ》れ、剣が折れた。

しまったな。剣に結界を張るのを忘れていた。稽古用の剣だし、怒られないよね？　と恐る恐る父さんを見やれば、

「……今、何をした？」

「へ？」

俺、何したっけ？　言われたとおり剣を振りかぶって攻撃したんだけど、やっぱり剣を折ったのにお怒りですか？

父さんはしばらく俺をしげしげと眺め、

「寸止めはする。が、いちおう避けろ」

ギラリと眼を光らせると、一足飛びで襲いかかってきた。

怖い。ので、飛んだ。父さんの頭上をひゅおんと飛び越し、音もなく着地した。くるりと振り返

って折れた剣を構える。

父さんはなぜか愕然《がくぜん》と俺を見ていた。

「あの……何か？」

「今、飛んだな……？」

「避けろと言われたので」

「儂の攻撃を見切ったのか？」

「いや、来るのわかってたから父さんが動いた瞬間に飛んだだけだよ」

「やはり儂の動きが見えていたのだな……」

どうして深刻な顔をするのだろう？　俺なんかマズいことやっちゃったかな？

「ハルト……お前、魔法が使えたのか」

疑問ではなく、確認のように父さんは言う。

そういや、俺はまともな魔法が使えないことになってたんだよな。でも結界魔法ですと答えても納得してくれるかどうか……。俺のは他とはちょっと違うっぽいし。

俺が何も言えずにいると。

「お前の動きは明らかに子どもの域を——いや剣の達人でも届かぬ領域に迫っていた。自己を強化する魔法を使わない限りはな」

えっ、そうなの？　この世界の兵士さんたちがめちゃくちゃな動きをしてたのって、自分を強くする魔法を使ってたからか。てことはシャルロッテも？

「それに儂の攻撃を避けたのは飛翔《ひしょう》魔法としか考えられん。ランクB相当……魔法レベルが最低でも30は必要な高難度な魔法だ」

空を飛ぶのってわりと簡単だと思ってたよ。そういや飛んでる人は見たことないな。

「お前は属性がない。自己強化するにしても結界魔法では限界があろう。何をした？」

その結界魔法を使っているのですが？

うーん、説明できない。俺の結界魔法が他とちょっと違うなーとは認識しているのだが………

わからんもんはわからんのだ。

「わかりません」

正直に言ってみた。

「まったく何も、か？」

「うーん……『強くなーれ』的なことを考えたくらい？」

今度はテキトウなことを言ってみたのだが。

「……無自覚なる覚醒、か。となるとこれは――」

父さんは何かに気づいたようだが最後までしゃべってくれない。むむむって険しい顔されると気になるじゃんよ。

「まあいい。お前にはこの手の才能があるのだろうよ」

　どの手の？

「では稽古の続きといくか」

「えっ、まだやるの？」

「お前の体《からだ》捌《さば》きは素人のそれだ。そこを改善すればいっぱしどころか一流の剣士になれる」

　またもあからさまに嫌そうな顔をする俺。

「なに、儂を超すのもすぐだろうさ」

　さすがに信じられません。なにせ父さんは魔王討伐チームの一員だからね。

　しかし父さんはノリノリで、俺は夕方まで付き合わされましたとさ――。

☆

　剣術の稽古を始めたその夜。

　ゴルドは執務室で書類仕事をこなしていた。

　ソファーには妻ナタリアがいる。ゴルドがふっと息を吐いたので声をかけた。

「このところお忙しそうですね」

「盗賊の被害が頻発していてな」

「まあ、またですか。先週も討伐したばかりですのに」

「全滅に至らねば奴らはすぐに数を増やして復活する。どうやら帝国から軍人崩れが流れてきたようでな。取り逃がした連中が同じ境遇の者をかき集めているらしい」

辺境伯領は北の帝国と国境が接している。魔王討伐後、急速に力を増している帝国は王国にとってもっとも警戒すべき国だ。

「もしかして帝国が裏で糸を引いているのでは？」

「……あり得るな。次は絶対に逃がさん」

虚空を睨《にら》みつけるゴルドに、ナタリアは優しく応じる。

「お茶でも淹《い》れましょう」

「いや、自分でやろう。君が動けばシャルロッテが目を覚ましてしまう」

ナタリアの膝の上ではシャルロッテがうとうとしている真っ最中だ。先ほどまで母に本を読み聞かせてもらっていたが眠気に負けたらしい。

ゴルドはワゴンにのった金属製の水差しに火魔法をかけて湯を沸かす。適温になったところで二つのカップに紅茶を注いだ。

カップをのせたソーサーを持ち、ソファー前にあるローテーブルに置くと、ナタリアの横に腰かけた。ぎしりと音が鳴る。

「今日、ハルトに剣の稽古をつけた」

「まあ、今まで黙っていたなんて意地悪ですね。いかがでした？」

揺らめく液体に視線を落としていたナタリアは、次なる夫の言葉に息を呑《の》んだ。

「あいつは〝魔族返り〟かもしれぬ」

「あなた、なんてことを――っ」

ゴルドが唇に指を当てたので、ナタリアは声を飲みこんだ。膝の上で愛娘が身じろぎした。

魔族返り――かつて魔族と交わった者の子孫が、突如として魔族の特徴を有して生まれる現象だ。魔法を使わず常人を超える身体能力を備えていたり、魔力が一流貴族並みに高かったり。

極めて稀であるがゆえ、一般にはおとぎ話レベルの眉唾な事象と認識されている。だが王家の機密情報によれば、ごく少数ながら報告されていた。過去、王家でも現れたのだ。

「どうして、そう思われたのですか？」

ナタリアは震える声で問う。

魔族返りは迫害の対象だ。どうしても信じたくなかった。

ゴルドは昼間の稽古を仔細《しさい》に語る。

ナタリアは愕然とした。『地鳴りの戦鎚』の本気の攻撃を、動いた後に反応するなど子どもの所業ではない。

「で、ですがハルトには角も尻尾もありません」

語気を強めて反論する。魔族返りには魔族特有の身体的特徴が現れるのだ。

「たしかにな。だが〝王紋〟の影響があれば、とも考えられんか？　アレは王家の正当後継者を示すためだけのものではない。いまだに解明できぬ不思議な力もあると伝えられているのだ。魔族のフレイがハルトを主と畏敬するのもそこに秘密があるのやもしれぬ」

しかし、それでも。

「いえ。いいえ！　ハルトはふつうの人間です。魔族に近しい存在であるはずありません！」

びくっとシャルロッテの頭が跳ねる。

「あ、あら、ごめんなさいね、シャルロッテ。驚かせてしまったかしら」

シャルロッテは目をこしこししたのち、すうっとまたも寝息を立てた。

ナタリアはほっとしたものの、目に涙の珠を浮かべる。

「どうして、あの子ばかりが過酷な運命を背負わされるのでしょうか……」

ゴルドは優しく妻の頭を抱き寄せる。

「儂とて同じ思いだ。しかし無能の烙印《らくいん》を押されて捨てられたあいつが、人並み以上の力を持っているのは確かだ。それを伸ばしてやりたいとも思う」

「はい……」

「幸い外見で判断はつかぬのだ。ならば儂らがやるべきは、我が子が幸せになるため力を尽くす以外にない。ハルトにも、シャルロッテにもな」

「そうですね。可愛い我が子のためですもの」

ナタリアは安心して夫に身を委ねた――。

寝たふりをしていたのではない。

盗み聞きするつもりもなかった。

実際、夫婦の会話はほとんど頭に入ってこなくて、彼女の耳に残ったのは『ハルト』と『魔族』の二つの言葉だけ。

魔族――幼い彼女の狭い世界では、『いつも遊んでくれるもふもふのお姉さん』でしかない。

だから、つながらない。

ゆえに、あり得ない。

（あにうえさまが、まぞくであるはず、ありません……）

同時に彼女は思う。


――あの人は、〝人〟でもない、と。


シャルロッテ・ゼンフィスは神童である。その素質は救世の英雄『閃光姫《せんこうき》』をも凌駕《りょうが》する。

ゆえに彼女は潜在能力の高さから、幼いながら――いや幼いからこその感受性によって本能で悟っていた。

強さの序列はフレイが第一、次に父ゴルド。

そして二人とは比較にならない破格の恐ろしさを、兄ハルトは持っている。

幼い彼女は、それを漠然とした不安としてしか捉えられなかったのだ――。

★

今日も今日とて剣を振るう。この数日でそこそこ様になったのだろうか？

「ま、まいりました、坊ちゃん」

不在の父さんに代わり、若い兵士さんが俺の相手をしている。俺の剣を受けきれずに尻もちをついての敗北宣言。

「すごいですね。昨日もでしたけど、また各段に動きがよくなってますよ」

「そうなんですか？」

「先日お渡しした剣術指南書をもうマスターしてしまったようですね。本当に驚きですよ」

この人から貸してもらった本はたしかに読破した。が、マスターしたとは言い難い。

なにせ俺はイメージ通りに俺を操っただけなのだ。体を直接動かしたのではなく、体を覆った結界を操作したに過ぎない。

体で覚えるとか無理。ぶっちゃけゲームキャラを脳波コントロールで動かしてるようなもんだから、同じ状況ならきっと誰にでもできるだろう。そんなゲームあったらやりたい。

「僕なんかではもう相手になりませんね。すみません」

しょんぼりしてしまった。

何か励ましの言葉でもかけたいところだが、この人のことをよく知らないのでなんともかんとも。コミュニケーション能力はこの九年でもさっぱり向上してなかった。

「僕も坊ちゃんにすこしでも近づけるよう精進します」

むんっと気合を入れる彼。勝手に元気になってしまったな。

「にしても、不思議ですね。坊ちゃんは本当に魔法レベルが2なのですか？」

「はい。そうです」

嘘は言っていない。

俺もこの件に関しては何かが変だと思っていた。

もしかしたら測定用の水晶が二桁しか表示できないことが問題なのでは、と。

実のところレベル１００オーバー。あるいは２００とか！

そう期待した俺は測定用水晶を解析し、結界魔法で自作したことがある。

結果――。


【００２】／【００２】で変わらず。

さすがに人類史上最高が77なのに四桁なはずないよね？

三桁表示にするのもけっこう大変だったし、四桁表示の測定器を作る気力が今の俺にはない。結界魔法の研究に時間を費やしたほうがいいからだ。

というわけで魔法レベル2は確定。ついでに属性もやっぱりなかった。

でも不思議よね。

魔法レベルがこれだけ低いと俺の中の魔力とやらも相当少ないはず。だけど結界は今のところ作れるだけ作れる（億単位）し、大小や機能によって消費する魔力量の違いは実感できるのだが、魔力が尽きるという感覚はまったく経験がなかった。

結論。

俺は結界魔法をやたら効率的に使えるのだろう。無属性であることがその条件なのだ。

女神的何かから俺がもらったチートはそういう感じ？　自信ないけど、たぶん。

「僕も魔法レベルが高くはないので、効率よく魔力を使って強くなってみせます。あ、すみません。『も』だなんて、また失礼なことを……」

ふーん、この人もレベルがそんな高くないのか。

どれどれ？　と俺は眼球に特殊な結界を張りつける。自作『ミージャの水晶』の改良版。

ふむふむ、【7】／【16】か。俺に比べりゃかなり高い。この世界での兵士さんの大多数はこのくらい。二桁になれば役職がつくって感じだ。一般人（城のメイドさんとか）は大人でも3とか4がふつうだね。

「僕、ゴルド様に憧れて兵士になったんです」

なんか語り出したぞ？

「子どものころからゴルド様はヒーローでしたからね。僕もいつか『地鳴りの戦鎚』と肩を並べて、なんて想像してましたよ」

話にまったく興味はないのだが、稽古をサボれるならいいか。

「でも現実は厳しいですよね。僕なんか初陣もまだですし……あ、でも次の盗賊退治には志願しようと思っているんです」

盗賊退治ねえ……俺なら絶対嫌だな。てか大丈夫なのかね？　稽古といっても俺がこの人を鍛えてる感がすごいのに。

「まあ、参加できても後方で荷物番がせいぜいでしょうけどね」

それでも危険はある。

「気をつけてくださいね」

「はい。必ず生きて帰ってきます」

妙なフラグ立てないでよ。

「おっと。長々と話してしまいましたね。では続きをやりましょう」

ちっ、気づいてしまったか。

俺は嫌そうな顔をなるべく出さないようにして、またも剣を振るうのだった――。


それから数日。

今日は父さんがいない。昨日から盗賊退治に出かけていた。いつも稽古する若い兵士さんも一緒だ。なので俺はのんびり部屋でぐだぐだしていた。

昼を過ぎ、城内がざわつき始める。

俺はなんとはなしに――非常に珍しいことだが部屋を出て城の正面入り口へと向かった。

「ひどい有様ですね」

途中でついてきたフレイがそう零《こぼ》す。

騒然としていた。

「回復魔法が使える者は全員集めろ！」

「こっちも頼む！」

「重傷者が先だ！」

戻ってきた兵士たちの多くは大なり小なり傷を負っている。荷馬車には歩けない兵士が雑然と寝かされ、すでに事切れている者もいた。

「まったく不甲斐《ふがい》ない。盗賊ごときにしてやられるとはゴルドめはふだん何を――」

「フレイ、少し黙れ」

「っ⁉」

言いつけどおり口を閉じたフレイを残し、俺は殺気立つ中へ歩いて行った。

荷馬車のひとつに近寄る。

「ぼ、坊ちゃん……」

剣の稽古をしてくれていた若い兵士が横たわっていた。

「申し訳、ありません。情けない、姿を……、お見せして……」

「しゃべらないほうがいいです」

「う……、お約束、したのに……、生きて、帰るって……なのに、こんな無様を……」

聞いちゃいないな。てか聞こえてないのか。目もほとんど見えていないのだろう。焦点がいつのまにか別のとこに移っていた。

背中に大きな切り傷。背骨にまで食いこんでいる。腹部を槍《やり》か何かで貫かれてもいて、生きているのが不思議なくらいだ。

「ちゃんと生きて帰ってきたじゃないですか」

やはり俺の声は届いていない。彼は独り言のように俺への謝罪を連ね、

「もうし、わけ、ありま、せ、ん……」

やがて意識が途切れた。

「まったく不甲斐ない」

鎧《よろい》を擦らせ、父さんが大股で近づいてきた。

「警戒はした。準備も万全だった。今度こそ誰一人逃がさんと息巻いた結果がこのざまだ」

鬼の形相で吐き出す。

「儂は、なんて不甲斐ない男だ……っ！」

一騎当千の強者でも、組織として負けるときは負ける。父さんにはそれが一番悔しいのだろう。

「何があったの？」

「……奴らの拠点情報を得て向かってみれば、そこはもぬけの殻だった。転進する間もなく後方部隊が奇襲を受けたのだ。ただの盗賊にしては――も――だった。やはり連中は帝――」

質問しておいてアレだけど途中から何を言っているか聞き取れなくなった。けっこう集中力がいるんだよなあ、これ。

「――ト、ハルト！」

「ん？　なに、父さん」

ちょっと頭がくらっとした。

「まだ幼いお前には酷な光景だろう。無理せず部屋で休んでいなさい」

「ああ、うん。そうする」

実際すごく眠い。お言葉に甘えて踵《きびす》を返したとき、

「な、なんだこれ⁉」

「傷がふさがった⁉」

「俺の脚がくっついてる⁉」

いっそう騒がしくなった。ので、俺はそそくさとフレイの側へ。

「……」

黙って頭を下げるフレイ。まだ『黙れ』の命令に従っている模様。

「悪かった。ちょっと気が立ってたんだ。もうしゃべっていいよ」

「いえ、よくわかりませんがこちらこそ何か失礼をしたようで、申し訳ございません」

わかってないのかよ。まあいいや。

「夜、ちょっと付き合ってもらえる？」

「もちろんです。どこであろうとハルト様にお供します」

俺はうなずいて城に入る。部屋に戻るやベッドに倒れこみ、そのまま寝た。傷を治すのって細かい作業だから疲れるんだよな。でも魔力の残りはたっぷりだと実感できる。不思議。


夜になった。みんな寝静まった深夜だ。

俺とフレイは城のてっぺん、屋根の上にいた。星がきれいだ。

「お口に合いますか？」

「うん、このサンドイッチ美味しいよ」

フレイって意外になんでもこなせるよな。夕飯抜きで寝てたから助かった。

しかし俺がぐっすりだった間、城は大騒ぎだったらしい。ケガ人が突然ぴんぴんし始めたら驚くよね。俺がやったとは疑われないだろうけど、何かしらフォローしとくべきか？　神様の仕業でごまかせないかな？　無理かな？

などと考えながら、俺はサンドイッチをパクつきつつ周囲に浮かぶ百近い板状結界を眺める。

別に飛ばした板状結界から届いた映像だ。夜なので暗視機能付き。

「いましたね」

古い砦《とりで》でどんちゃん騒ぎをしている連中を発見。

「うん。でもここって父さんたちが向かったとこだよね？」

「拠点というのは間違いなかったようですね。となれば事前に襲撃情報が漏れ、奇襲準備の間を与えたのでしょう」

「スパイがいるのか」

どうやって見つけよう？　ま、こいつらに訊《き》けばわかるかな。

「他にも盗賊らしき野営集団がいますが、どうなされますか？」

「ついでだ。全部つぶそう」

盗賊なんて迷惑でしかない。貧しい暮らしに耐えかねて、とかいろいろ事情があるかもしれないけど、ぶっちゃけ俺にはどうでもいい。

相手の背景事情なんて、知って躊躇《ためら》うなら知らないほうがいいのよね。

父さんが困っている。これまで世話になりっぱなしだった父さんが。

城の兵士さんたちも拾われた俺によくしてくれた。中には俺を疎ましく思う人もいるだろうけど、何か意地悪されたことはない。

その辺りを抜きにしても、領内の治安が悪いと俺が理想の引きこもり生活を送るのに支障をきたすに違いないのだ。

だから、つぶす。徹底的に。

心が冷え冷えとするのを感じつつも、嫌な気分ではなかった。

「んじゃ、行くか」

「はっ。お供します」

俺は百近い結界のほとんどを消し、空を翔《か》けた――。

☆

帝国との国境に近い古い砦。

その一室に三人の男がいた。盗賊団の頭目と、その側近たちだ。うち一人は辺境伯軍の軽鎧《けいがい》を着ていた。

「中尉、今日はお見事でした」

「ここでは『お頭』と呼べと言っただろう？」

「ははは、ここの連中はほとんど帝国から連れてきた荒くれ者たちです。我らが帝国軍人だとも気づいているでしょう」

「だとしても、だ。辺境伯やその兵士に気取《けど》られてはならんからな」

彼らは正規の帝国兵だ。秘密裏に国境を越え、盗賊団を結成して王国を内部から混乱させる命令を受けている。

「ではお頭、こちらはこちらで酒宴といきませんか？　音に聞こえし『地鳴りの戦鎚』が慌てふためく滑稽な様を思い出しながら」

「そう浮かれてもいられん。今日はゴルド・ゼンフィスを抹殺する好機であったのに、取り逃がしてしまったからな」

「あの男を始末できれば我らも国に帰れるのですけどね」

「そう簡単にはいかん、ということだろうよ」

とはいえ手応えはあった。ゴルドは個として圧倒的な強さを誇るが軍略に長けてはいない。卑劣な手を嫌うバカ正直な男でもあった。奸計《かんけい》に嵌《は》めてやればいずれその首は落ちるだろう。

頭目が歪《いびつ》な笑みを浮かべたとき、不意に違和感を覚えた。

遠く、騒ぎの声がやんでいる。広間では盗賊団の手下たちが派手に騒いでいたはずだ。お開きには早すぎる。

だがすぐにまた大声がいくつも上がった。しかし、これは――。

「悲鳴？」

耳を澄ませると、救いを求める声や懇願のような叫びだとわかった。

何かがおかしい。ケンカにしては必死過ぎる。やがてそれすらもなくなって静寂が戻った。

「おい、広間の様子を見てこい」

慌てて命じた直後。

「なんだ、スパイはこっちにいたのか」

背後から幼い声。少女のような、あるいは声変わり前の少年のような。

「探す手間が省けたな。いろいろ話してもらうぞ」

振り返ろうにも、体が硬直して動かなかった――。


――その少し前。

広間では盗賊団の手下たちが戦勝祝いに酔いしれていた。

久しぶりの酒と肉。これで女でもいればと杯を空にした一人の男が、彼女に気づいた。

「ひどい臭いだ。鼻が曲がるとはこのことか」

場違いなメイド服を着た若い女が入り口にいた。髪は燃えるように赤い。

「なんだあ？　誰がメイドなんぞ呼んだんだよ？」

「いいじゃねえか、おい、こっち来て酌してくれよ」

「そのあとたっぷり楽しもうぜぇ」

下卑た笑いを浮かべて一人が近づくも、

「ん？　お前……なんだその耳は？　尻尾も……」

「臭い。寄るな」

赤髪の女が告げると、ボッと近寄った男が燃え上がった。生きたまま焼かれた男はのたうち回り、やがてぴくりとも動かなくなる。

「テメエ魔族か！」

「そういや、辺境伯の城に魔族のハーフがいるって話だ」

「報復にきやがったのか！」

酔いが吹っ飛んだのか、色めき立った盗賊たちは手に武器を持って構えた。

「報復？　ふん、私にそんな義理はない。これは誅罰《ちゅうばつ》だ。我が主を不快にさせた、その一点をもって万死に値する」

赤い瞳が妖しく光る。両手の爪が鉤状《かぎじょう》に伸びた。

「やっちまえ！」

「笑止。貴様らごとき木っ端が思い上がったか」

女が床を蹴る。一瞬にして移動したすれ違いざま、盗賊の喉が血を噴いた。

そこから先は一方的な蹂躙《じゅうりん》だ。

背を向けた者を斬り裂き、離れて魔法を撃とうとした者には炎弾が放たれる。一撃必殺。彼女の攻撃を受けて呼吸している者はいなかった。

幸運にもまだ標的に選ばれていない者は我先に出口へと向かう。しかし――。

「うおっ⁉」

盗賊の一人が転倒した。床に踏み出した足が、なぜだか空振りしたのだ。直前には鋭い痛み。穴でも開いていたのかとよく見れば、自身の脚がなくなっていた。

「なんだこりゃあ⁉」

不思議なことに血は出ていない。しかし転がる脚は血だまりを作っていた。

彼だけではない。出口に殺到していた者たちは次から次へ、両脚か片脚、あるいは腕さえも切断されていた。

「フレイ、殺し過ぎだ。スパイの情報を訊き出さなくちゃいけないんだぞ」

幼い声はすれども姿はない。

「失礼しました。しかし見事なものですね。止血はどのように？」

「傷口をちょっとな。治すのに比べれば楽なもんだよ」

淡々と話すメイド女と姿なき誰かに、残った者たちは恐怖のあまり絶句した。

しかしその間にも立ち尽くす者が続々と脚を失い倒れていく。

静寂は長く続かなかった。

「ひ、ひぃ！」

「助けてくれ！」

「なんでも話す！　知ってることはなんでも！」

悲鳴と怒声じみた懇願が渦を生し、広間は阿鼻叫喚《あびきょうかん》で埋め尽くされる。

「これで全部か。別室に三人いたはずだから、俺はそっちに行く。フレイはこいつらを尋問しててくれ」

「承知しました」

赤髪の女は続けて小声で尋ねた。

「その後はいかがいたしますか？」

彼女の耳にだけ聞こえるように返事があった。

——燃やしていいよ。証拠が残らないよう徹底的にね。

女は恐ろしいほどの無表情で「はい」とだけ答え、近くに転がっていた盗賊の一人に近寄ると。

「質問には正直に答えろ。それから口ごもるな。私はあのお方ほど優しくも気長でもない」

喉元に鉤爪《かぎづめ》をあてがった——。


頭目と他の二人はその場で動けずにいた。

恐怖に竦《すく》んで。驚きに固まって。いずれでもない。

「何を、した？　どうして体が動かないんだ！」

首から下が土にでも埋められたように、身じろぎひとつできなかった。

「結界で覆ってるだけだよ。ま、動けないように固定してるけどね」

「結界、だと？　貴様は何を言って——」

「中尉……」

部下の一人——盗賊姿の男が強張った表情で問う。

「貴方は今、誰と話しているのですか？」

「……え？」

彼が何を言っているのか理解できなかった。

「後ろに子どもがいるだろう？」

部下は斜め前にいる。つまり頭目の背後は視認できるはずだ。

「いえ、誰もおりません。声も、聞こえません」

不可解な答えに頭の中が疑問符で満たされる。

声はたしかにささやくようなものだから聞こえなかったにしても、姿が見えないとはどういうことか？　いくら子どもでも完全に隠れられはしないはずだ。

さらにここで、彼を混乱させる事態が起こった。

この場にいるもう一人の部下。辺境伯軍で諜報《ちょうほう》活動をしていた男が何やら喚《わめ》いていたのだ。しかし声はまったく聞こえない。しかも虚空に向かって。あたかもそこに誰かがいるかのように。

「おい、どうした？　何を喚いている？　いったい貴様は、誰と話しているのだ！」

返事はない。部下は涙を浮かべながら必死に何かを訴えていたが、やはり彼からは音という音が消え去っていた。

しかし、やがて。

ずるりと、その男の頭部が床に落ちた。体もその場に崩れ落ちる。

絶句する二人の目の前で、男の首が宙に浮いた。いや、違う。何もなかった場所から突如少年が現れ、髪をつかんで持ち上げていたのだ。

「だいたいわかった。やっぱこいつがスパイやってたらしいな」

年のころは十歳ほど。きちんとした服装から身分の高さが窺《うかが》える。

「誰だ、貴様は……？」

「教える必要はないな」

「どこから、どうやって現れた……？」

少年は小首をかしげたあと、妙な問いで返す。

「光学迷彩って知ってる？」

回答に窮していると、

「そっか。知らないか。そういう魔法ってこの世界にはないっぽいな。うん、これは使える」

少年は一人で納得したように言ってから、

「用事は済んだ。お前らはそこで反省してろ」

首を持っていなくなってしまった。

しんと静まり返った部屋の中。半ば放心していた頭目が異常に気づく。

「なんだ……？　焦げ臭い……」

やがて黒煙が室内に充満する。

「おい待て。燃えている？　砦が、燃えているのか！」

「い、嫌だ！　誰か、誰か助けてくれ！」

石造りの建物にしては燃え方が激しい。黒煙が室内を満たす前に炎が侵入してきた。

「あづ、あづぃぃぃぃぃ！」

「燃え、体が燃えでるぅ！」

二人は首から上を必死に動かすも、やがて全身を炎に包まれた――。

★

燃え盛る古砦《ふるとりで》を背にする俺。手にはスパイの生首。傍から見たら俺こそ悪党だな。

「お疲れさまでした、ハルト様」

「ん、フレイもね」

彼女がいてくれて助かった。なにせ俺は戦闘なんて初体験。ヘンテコな結界魔法があるとはいえ、戦闘のプロたる盗賊相手にどれだけできるか不安だった。

でもフレイが注目を集めてくれたおかげで、俺は姿を隠して不意打ちしまくれたのだ。

卑怯《ひきょう》？　何それ美味しいの？

俺は魔法レベルが極端に低い。だから闇討ちや奇襲でないとまともに戦えない、と思う。

「そちらは？」

俺が持つ生首に目をやるフレイ。掲げてみる。あらためて見ると気持ち悪いな。

「スパイ本人だ。こいつ見たことあるんだよな。他にもまだ城に三人ほど紛れてるらしい。そいつらが盗賊連中に情報を流してたんだ」

しかも連中、帝国の軍人だと言っていた。

国同士の諍《いさか》いなんてよく知らんけど、ちょっかいを出してきたなら容赦する必要はないよね。

「とりあえず匿名で父さんに送っとこう」

潜伏中のスパイ三人は名前がわかったから、手紙にでも書いておけば父さんがなんとかするはず。兵舎で殺人事件とか行方不明とかは避けたほうがいいよね。

「で、次だけど……」

三つの板状結界を眼前にもってくる。それぞれ盗賊団っぽいのが映っていた。こいつらが帝国の連中かは知らないが。

「今夜中に燃やしとくか」

平和で穏やかな引きこもり生活のため、今日一日はしっかり働こう。ああ、面倒だな。

☆

ゴルドは執務室で報告を受けていた。

膝の上にはさっきまで一緒に遊んでいた愛娘がいる。ナタリアやフレイに託そうとしたものの、しがみついて離れないので仕方なく。

調査に向かった部隊の隊長がこわばった顔つきで告げる。

「――以上、匿名の手紙に書かれていた四ヵ所すべてで盗賊団が壊滅していることを確認いたしました」

「すべて燃えていたのだな？」

「はい。逃げた者がどれほどかは不明ですが、相当数の焼死《しょうし》た……ええっと、盗賊と思しき、そのう、横たわった体を確認しています」

幼子に配慮したのか言いにくそうに隊長は語る。

「スパイと思しき三名はどうした？」

「拷も……こほん、丁寧に尋問したところ、みな正規の帝国兵であると自白しました。例の生《なま》く……匿名で送られたモノも我が軍に所属していた兵士で間違いないかと」

「容易《たやす》く潜入を許したものだな」

「申し訳ございません」

「責めているのではない。責があるのはむしろ儂だ。抜かったな」

「いえ、そのようなことは……」

「ただの盗賊にできることではない。やはり帝国が嚙《か》んでいたか。国境の警備を強化する。今後は入隊希望者の素性もよく調べてくれ。それでどれだけ防げるかわからんがな」

「承知しました。では失礼いたします」

隊長が部屋から出ると、ゴルドは椅子の背もたれに寄りかかって息をついた。

「ちちうえさま、おつかれですか？」

「ん？　ああ、大丈夫だ。むしろ肩の荷が下りてほっとしているよ」

シャルロッテはぱちくりと父を見上げる。

「わるものは、だれがたいじしたのですか？」

「さて、誰だろうな。三日前、儂が戻ったその晩か。手際のよさといい、容赦のなさといい、業火を操るとなれば一人しか思い浮かばないが……」

なぜか人の子を主と仰ぐ女魔族、フレイだ。

「フレイの実力は儂を上回る。領内の魔物を手懐《てなず》けて回ってもいるし、そのついでと考えてはいたのだがな」

ところがフレイに尋ねても『知らん』のひと言しか返ってこなかった。

「みっかまえの、よるですか……」

シャルロッテはどこか思い詰めたようにつぶやくと、ぴょんと父の膝から飛び降りた。

「わたくしは、ようじをおもいだしました」

「外で遊ぶなら誰かに声をかけて一緒に行きなさい」

「はい！」

元気よく答え、シャルロッテは部屋を飛び出した――。


――三日前。その晩は寝付けなかった。

ぞわぞわと鳥肌が立って、不安な気持ちでいっぱいになったのだ。

たまにある、その感覚。近くで誰かが常識を超える大量の魔力を使っているのが原因だと、幼い彼女には知る由もない。

シャルロッテはベッドから降りて窓の外を眺めた。

月と星がきれいだ。

夜空を斬り裂くように飛ぶ影を見つけたのは、しばらく経ってから。

続けて城の上から落ちてくる人影。長いスカートをひらめかせる姿は、いつも遊んでくれるもふもふのお姉さんに間違いなかった。

――父の推測は正しい。盗賊団を襲ったのはフレイだ。

――しかし欠けているとシャルロッテは確信した。

夜空をまっすぐに飛び去った影。そのシルエットからよく知る男の子だとすぐに看破した。

恐ろしかった。それでも得体のしれない不安に背を押され、彼女は一人で暗い城内をひたひたと歩き、兄の自室へと足を踏み入れた。

いた。紛れもなく兄ハルトだ。

寝息を立てていながらも、怖いほど静かに横たわっていた。

心臓がバクバクする。足が震えて動かない。けれど勇気を振り絞って彼に近寄って。

ぷに。

頬を突っついた。ぷに、ぷにぷに。起きる気配はない。

ぺしぺしと頭を叩いた。まったく起きない。

こうなったら意地だ。ついにシャルロッテは小さな指でまぶたをこじ開ける暴挙に出る。

ぎょろりと黒目が自身に向いた。

「ひっ……」

恐怖で飛び退き、尻もちをつく。しかし兄は何事もなかったかのように寝たままだった。

「……なにか、へんです」

自分がこれほど大胆な行動に出られたのが不思議だった。

その謎の答えにようやく気づく。

いつも近くにいれば圧倒されるような迫力が、寝ている兄からは感じられないのだ。

暗闇の中、しげしげと兄らしき少年の顔を眺める。

「このひとは、なにものですか……？」

見た目からは兄以外の要素はまったく認められないが、

「このひとは、あにうえさまでは、ありません」

彼女はそう断じて部屋から出ていった――。


その日から、彼女は積極的に兄の後をつけ回した。まだ怖いので隠れながらだ。しかし兄はほとんど部屋から出てこない。廊下でうろうろするにとどまる。

そこで彼女は方針を切り替えた。兄をよく知るメイドさんから情報を引き出すのだ。

「あにうえさまは、おふたりいますか？」

「唐突に何を言っているのだ、小娘。頭は大丈夫か？　熱でもあるのではないか？」

やたらと心配されてしまった。

シャルロッテは未熟な思考をフル回転させて考える。結果、導き出したのは。

「じつはせんじつ、あにうえさまのおへやに、しのびこんで――」

事実をありのまま正直に話した。

「不敬にもほどがある。が、幼子のしたことだ。大目に見よう」

怒られたが許された。

「あのよる、あにうえさまも、いっしょでしたね？」

「貴様もしつこいな。だが、うむ……。見られていたなら仕方がない。誰にも話さないのなら真実を教えてやろう」

シャルロッテはこくこくとうなずいた。

「たしかにあの夜、ハルト様もご一緒だった。しかしハルト様は私の活躍をご覧になられていただけだ」

「どうして、ちちうえさまにはうそをついたのですか？」

「それが最善と考えたまで。理由は訊くな。大人にはよくあることだ」

「おとなは、うそをついてもよいのですか？」

「時と場合によってはな」

「あにうえさまの、めいれいですか？」

「貴様なかなか鋭いな。しかし否定しておこう」

「では、あにうえさまがおふたりいたのは、どうしてですか？」

「まだ食い下がるのか。もうやめだ。ここまで。しかしハルト様がお二人か、ふーむ……」

この時点でフレイは、ハルトが結界で自身の分身を作れることを知らない。

ので、直接本人に尋ねた。

――気にするな。

その返事をシャルロッテに伝えると、彼女はますます気になって仕方がなかった。

「あまり細かいことにこだわるな。大きくなれんぞ？」

シャルロッテはじっとフレイの豊満な胸を見る。なるほど、と思った。しかし調査の手を緩めるつもりはなかった――。

★

見られている。

誰に？　とは明らかなのだが、理由がわからないと気持ち悪い。

ところがフレイから有力な情報が手に入った。

「――というわけでして。シャルロッテの奴、ハルト様がお二人いることに疑念を抱いているようです。ところでなぜお二人いらっしゃるのですか？」

「気にするな」

「わかりました。そう伝えます」

いや、お前にだけ言ったんだが……フレイは部屋から出ていってしまった。

しかし、そうか。俺が深夜にお出かけしたのを見られていたのか。しかも俺そっくりの分身を置いていったのに速攻で偽物とバレちゃったのか。そうか。そうか――……。

まあ、寝た振りするだけの機能しかなかったからな。仕方ないね。

にしても、なんでそこまで俺に執着するのか謎だな。いい意味で興味を持たれたとは思えないし、どうすりゃいいのよ？

父さんと剣の稽古をしているときも。

「どういう心境の変化だろうな？」

「さあ？」

シャルロッテは木の陰からじぃっと様子を窺っている。

「よい傾向、と儂は思っているが」

「そうかな？」

キンキンキンッと剣を交えながらそんな会話をする。

気にはなるのでこっそり彼女の様子を結界で探ってみれば。

「ほわわわ……。すごいのです。ちちうえさまと、ごかくいじょうに！」

何やら驚いている様子。違うからね。これ父さんが手加減してるからだよ？　たぶん。

そして小さな諜報員は強《したた》かにも、俺に近しいフレイに狙いを絞っていた。

「つまりだな。ハルト様はすごいのだ」

「しっています。もっとぐたいてきに」

「そうさな、そも常識的基準で測れるお方ではない。すくなくとも私よりも強い。ずっとな」

そういうのホントやめて。

シャルロッテはほわわっと慄《おのの》いている。

「フレイはあにうえさまのしょうたいを、しっているのですか？」

「むろんだ。しかし語るわけにはいかない」

だからさー、お前さー。

「わたくしは、ためされているのでしょうか？」

「増長するなよ、小娘。ハルト様は貴様ごときに歯牙にもかけておられない」

「むつかしいことばは、よくわかりません」

まあこのように、シャルロッテの好奇心は刺激され続け、俺は後を追いかけ回される状況に陥っていたのだが——。


ある日のこと。ようやく彼女の監視網から逃れる日が来た。

「お出かけ？　母さんとシャルロッテが？」

朝の食卓で、二人が北の町へ赴くとの話が持ち上がった。

「毎年この時期に祭りがあってな。いつもは儂が参加するのだが、今回は二人に行ってもらう」

「なんでまた？」と俺が尋ねると、母さんが答えた。

「盗賊騒ぎがひと段落したでしょう？　中央から国境の警備に人員を割いてもらったし、魔物もフレイのおかげで領内では統制が取れているわ。だから今のうちに行けるところには行っておきたいの」

シャルロッテは生まれてこの方、城の敷地から出たことがほとんどない。安全なうちに領内を見せておきたいそうだ。

「ハルトはどうせ行かないのでしょうね」

引きこもりに遠出は無理です。

「だったらフレイも連れて行けば？」

言ってから気づく。そういや最近あいつ見てないな。

「ハルトが何かしら用事を頼んだのではないのか？」と父さん。

「三日くらい前に『魔物が縄張り争いを始めたので仲裁に向かいます』とか言ってたような？」

あいつ、魔物を威嚇して町や村を襲わないよう言いつけてるんだよね。おかげで領内の生態系のバランスは保たれ、魔物も人里から離れたところで相互に安全に暮らせている。あいつは意外とできる女なのだ。抜けてるとこは多いけど。

そんなわけで俺は久しぶりに小さな監視の目から離れてのんびりしていたのだが、事件は起こった――。

☆

現状を観測すれば『不幸な偶然が重なった』と多くが憤るだろう。

しかしここに至るひとつひとつを吟味すれば、どうだろうか？

一夜にして四つの盗賊団が壊滅した。彼らと目的を同じくするもうひとつの盗賊団が〝彼〟の探索域から外れていた。その残ったひとつが本国へ指示を仰いだ。本国から追加で人員が届いた。合流した直後、近場の町で祭りが始まった。そこに、辺境伯の妻と娘が訪れた。

時期的地理的な偶然はあるものの、ひとつ決定的な『必然』要素がある。

強化したはずの国境警備に抜け道が作られていたのだ。

かくして彼女らは、狙われるべくして襲われた――。


護衛の兵はどうなっただろうか？　町の被害はいかばかりだろうか？

元は伯爵家の末娘だった彼女の魔法レベルは一般兵を遥《はる》かに上回る。しかし帝国の正規兵を相手に幼子を抱えながらでは、逃げるのが精いっぱいだった。

ナタリアは我が子を抱いて森を疾走する。

どれだけ時間が経ったのか。月明かりを頼りに走る彼女の魔力は残りわずか。しかし敵の包囲網をどうにか突破できたのは、

「ははうえさま、あちらです」

シャルロッテの指示があったからだ。

震えが伝わってくる。しかし幼子の瞳は強い決意と自信にあふれていた。

（勘がよい、では説明できないわ）

気にはなるが、今は逃げ切ることが先決だ。ナタリアは幼い娘の指示に従い森を駆ける。

やがて――。

「捕らえよ！　絶対に逃がすな！」

敵の叫びが耳に届いたとき、森が切れて渓谷に追いこまれた。夜では下に流れる川も見えないほどの断崖絶壁。向こう側へ飛び移るのも無理だった。

「したです、ははうえさま」

躊躇《ちゅうちょ》なく飛び降りる。予想より高度はなく、なけなしの魔力を注ぎこんで着地した。

「あちらです。かくれるばしょが、あるそうです」

その言い方でようやく確信に至った。

（誰かが、この子に指示を出しているのね）

方法は不明。シャルロッテにだけ聞こえる理由も不明。特殊な魔法具を使っているのだろうか。

ただ姿を現さないのはおそらく、

（私に知られたくない。それもあるでしょうけれど、きっとまだ、近くにいないのね）

楽観を頭から追いやり、小川伝いを駆ける。

あった。小さな洞窟を見つけてそこへ飛びこむ。内部がひどく明るいのに舌打ちした。ヒカリゴケの異常繁殖だろうか。

奥の窪《くぼ》みでひと息ついた。

「大丈夫よ、シャルロッテ。貴女は必ず、守るから」

息も絶え絶えに、我が子をぎゅっと抱きしめる。

隠れるにはあからさますぎる洞窟だ。ここで身を潜めていても見つかるのは時間の問題。しかもこの明るさだ。窪みに隠れるのも限界があった。

ナタリアは決意する。

「近くまで来ているのでしょう？　誰だかはわからないけれど、きっと正義の味方ね」

「せいぎの、みかた……？」

「ふふ、悪を懲らしめる人のことよ。お母さんはそのお方を呼んでくるわ。だから貴女はじっとしていて。声を出してはダメ。ここで、そのときがくるまで我慢していて」

不安そうな我が子に精いっぱいの優しい笑みを送り、ナタリアは外へ飛び出した――。

洞窟の入り口をふさぐべきだろうか？　迷いながら振り返って愕然とした。

暗い穴が、なくなっている。岩肌がなんの違和感もなく続いていたのだ。

「どうして……？」

近寄って手で触れてみた。すっと手首から先が消えてなくなる。洞窟の入り口は確かにある。しかし虚空が岩肌を映していたのだ。

「幻影魔法……？　でも、そんな高度な魔法をいったい誰が……」

シャルロッテに指示を出していた何者かによるものだろうか？　だとすれば近くにいるはずだが、接触はやはりしてくれないようだ。

（もしかしたらその人、戦闘向きの魔法使いではないのかも）

洞窟の中に戻ろう。何日かやり過ごせば城からの救援が期待できる。しかし、判断が一瞬遅かった。

「いたぞ！」

追っ手に見つかってしまった。

「母親だけか。近くに子どもを隠しているはずだ。探せ！」

ナタリアを五人が囲み、それ以外は散っていった。

（大丈夫。洞窟には気づかれていないわ）

なら自分がやるべきは――。

「ん？　おい女、短剣を抜いて何をするつもりだ？　抵抗するなら――ッ!?」

ナタリアは自身の喉元に短剣の切っ先を向けた。

捕虜になっては夫に迷惑がかかる。彼らがただの盗賊でないのは明らかだ。となれば帝国の正規兵。敵国に利用されるわけにはいかなかった。

なにより、我が子を守りたい。

口を割るつもりはないが、洞窟の場所を知っているのは自分だけなのだから。

（ごめんなさい、ゴルド、シャルロッテ………ハルト！）

両手に力をこめ、ぐっと短剣を喉に押しこもうとしたとき。

パキンッ。「……え？」

刀身が粉々に砕けた。続けてピリッと腰のあたりに鋭い痛みが生まれ、全身が痺《しび》れた彼女は意識を失った――。


「あー、くそっ。頭にくる。すんげえムカつく」

崩れ落ちるナタリアを片腕で抱きとめた少年が静かに怒りを吐露した。

「間に合わなかった。最高速で飛ばしてきたのに、けっきょく母さんにスタンガンを使う羽目になったのかよ。やっぱ俺、まだまだだなあ。ほんと頭にくるよ」

空いた手のひらに紫電が散る。

突然の出来事に放心していた敵兵の一人が我に返った。

「……誰だ、貴様は？　どこから現れた！」

「うるせえよ、黙ってろ」

「ッ⁉」「っ⁉」「かは……」「ぃ⁉」「……」

五人の息が止まった。驚きや恐怖からではなく、実際に呼吸できなくなったのだ。まるで水の中に落とされたように、それでいて体は岩に閉じこめられたがごとく動けない。

「先に言っとく。半分は八つ当たりだ。けど無抵抗の母子《おやこ》を追いかけ回してたお前らに、容赦なんていらないよなあ」

少年はぎろりと一人を睨みつける。

「苦しいか？　んじゃ、空気をたっぷりくれてやる」

今度は体の穴という穴から空気が入ってくる。ものすごい勢いで注入された空気は出口を見失い、肺や胃、腸にどんどん溜《た》まっていき――。

パアンッ！

体を破裂させた。残る四人も次々と歪《いびつ》に膨らみ、破裂して臓腑《ぞうふ》を撒き散らす。

少年は眉ひとつ動かさずにナタリアを抱え、岩肌に模した結界から洞窟に入っていった――。


足音がする。

シャルロッテは壁面の窪みに身を隠し、口を手で覆って震えていた。

（じっとします。こえをだしては、だめ、です……）

母の言いつけを忠実に守ろうと必死だった。

やがて足音が止まると、さっきまで耳の中で聞こえていた奇妙な声が響いた。

「シャルロッテ、君のお母さんは無事だ。今は気を失ってる。しばらくはここに隠れててくれ」

いくつもの声が重なったような不思議な声音。どこの誰かも、男か女かも声からは判別できない。けれど――。

「怖かったろ？　って、今も怖いよな。でもあとちょっとの辛抱だ。もうじきフレイが来るはずだから」

そう、今も怖い。だってこの感覚は、毎日のように城内で感じていたものだから。

（でも、でもでも！）

シャルロッテは飛び出した。

母の言いつけを破ったのではない。だって母は戻ってきてくれた――〝彼〟を連れて。

横たわる母を見つけるも、他には誰も見て取れない。けれど、いる。姿は見えなくても確かに、母のすぐ側に、絶対そこに。

「あにうえさま！」

「なぜバレたし！」

いつもの声で、突如として姿を現したのはやはり兄ハルトだった。居心地悪そうに頬をかいている。

常に兄から放たれる得体のしれない恐怖の正体。それは彼が内に秘める圧倒的な魔力を感じ取ったからなのだが、彼女には知る由もない。

けれど今ならわかる。ソレには名前があった。今日初めて知った。

ソレは悪を懲らしめ、母と自分を救ってくれた者。父を超え、フレイをも凌駕《りょうが》する圧倒的な力を持つ存在。


「あにうえさまは、せいぎのみかたです！」


口にしたとたん、全身が軽くなった。晴れやかな気分に満たされる。

だからもう、怖くない。

「はい？」

「やっぱりです！」

「いや、今のは疑問を返し……ああ、そうね。そうそう、俺は正義の味方。でも内緒だぞ？」

「どうしてですか？」

「正義の味方は正体を隠すもんなのさ」

「なるほど？」

「理解してないな……。まあそういうもんだと思ってくれ」

シャルロッテは力強くうなずく。

「というわけで、俺がお前に指示を出してたことも、ここに現れたことも、その他もろもろ俺がやったことは内緒だ」

「なるほど。だからフレイも、ないしょにしていたのですね」

「え？　ああ、うん。そうだね？」

「わかりました。わたくしはこどもですけど、ちちうえさまたちに、うそをつきます」

「なんか心が痛むのだが……まあいいや。んじゃ、俺は外の連中を片付けてくる」

「おかたづけ、ですか？」

ハルトはきょとんとしてから、にっと笑う。


——ああ、殲滅《おかたづけ》だよ。

★

父さんの執務室に呼び出された俺。なんだろう？　もしやいろいろバレた？　とドキドキしていたものの、俺はソファーに座って兵士さんの報告を聞いているだけ。

「——ナタリア様、シャルロッテ様はともに健康状態は良好です。フレイ殿が合流していまして、お二人を先行してこちらへ移送するとのことです」

「被害状況はどうだ？」

「敵の狙いがご自身であると見抜いたナタリア様の素早い判断で、町に被害はほとんどありません。しかし護衛兵には相当数の死傷者が出ています。ただ――」

　兵士は少し間をおいて告げる。

「またも負傷兵の傷が即座に回復した、と」

「そうか……。となればナタリアたちを救った謎の人物が、今回と先日の怪現象を引き起こしたと考えてよさそうだな」

「どうにも通常の回復魔法とは異なる、と実際に体験した者たちは口々に言っております」

「不可解な魔法はさておき、礼をしたいところだが殊勝な人物のようだし、姿を見せてはくれんのだろうな」

「何者なのでしょうか？　私自身、感謝の気持ちもありますし心強いとも感じていますが、正直なところ、その……」

　兵士さんが口ごもる。父さんが言葉を継いだ。

「恐ろしくはある。相当な使い手だ。それが正体を隠して領内に潜んでいるのだからな」

「はい。せめて目的がわかればよいのですが……」

「正義の味方、とシャルロッテは言っていたそうだが……」

　二人が押し黙った。そしてなぜか父さんは俺に問いかける。

「ハルト、お前はどう思う？」

「へ？　いやまあ……正義の味方なら、悪いことしなけりゃ敵対はしないんじゃ？」

うん、実に子どもらしい意見だ。どうよ？

「ふっ、そうだな。あちらの判断基準が不明瞭ではあるが、我らは正しく施政に励むとしよう」

よし、俺が疑われてる感じはしない。調子に乗った俺はぺらぺらしゃべる。

「そうそう。盗賊のフリした帝国兵が来たらまたやっつけてくれるよ」

ぽかんとする二人。あれ？　俺なんか変なこと言った？

「どうして、連中が帝国兵だと知っている？」

そこ？　そういや報告で明言はされてなかったか。

「ええっと……ほら、盗賊なら町を襲うもんでしょ？　なのに母さんたちが狙われたから、そっかなーって」

苦し紛れにしてはいいとこついてないかな。

「ハルト様は鋭いですね」

「うむ、ときどきお前が九歳とは思えなくなる」

直接訊いたんですけどね。残りを片付けてる途中で偉そうな奴をとっ捕まえていろいろ白状させたのさ。

なので俺、父さんたちが知らない情報も持っている。

今回は匿名の手紙を用意していなかった。俺の口から言うのは憚《はばか》られるので、どうにかして気づかせたい。俺のコミュ力が試される！

「あれれぇ？　でもおかしいぞぉ？　今回も敵はけっこうな数がいたんだよね？　国境の警備は増やしたのに、どうやって入ってきたんだろう？」

体は子どもでも中身は大人な俺にふさわしい語り口だ。

「警備を強化する前から領内に潜伏していた者たちが結集したのでは？」

違う、そうじゃない。

「可能性は高いが、警備に穴があったと考えて対策をすべきだろうな」

そう、そっち。

「気の緩みでしょうか？　あるいは疲労があったのか……。ん？　そういえばあの辺りの警備は中央から派遣された部隊でしたね。旅疲れや環境の変化が影響していたのでしょうか」

おっ、寄ってきたよ。もっと突っこんで。

「中央からの、部隊……」

父さんが厳しい表情になる。

兵士さんも何かを察したのか顔をこわばらせた。

「まさか、味方が手引きをした……？」

「それだ！」

思わず叫ぶ俺。うわ恥ずかしい。

俺が聞いた話では、国境警備の部隊に協力者がいて、帝国兵は彼らの手引きで領内に侵入したとのこと。ただ個人名まではわからなかった。

「あの女狐《めぎつね》め、いよいよ遠慮がなくなってきたな」

「では、やはり……」

「該当する部隊の素性を調べてくれ。悟られぬようにな」

兵士は神妙にうなずくと部屋を出ていった。

女狐ってなんだ？　二人は黒幕とか首謀者とかに心当たりがあるんだろうか。真の敵は王国《うち》にいる、とかそんな感じ？

父さんは背もたれに寄りかかって深く息を吐いた。

積極的に知りたいとは思わないけど、訊いたほうがいいのかな？　でも疲れてるっぽいしなあ、と考えていたら。

パタパタと廊下を駆ける音。

ばーんとドアが開かれて、

「ただいま、です！　ちちうえさま、わたくしはげんきです！」

言葉のとおり元気いっぱいのお子様が現れた。帰ってくるの早っ。

「よく無事で戻ってきてくれた」

父さんは相好を崩した。デレデレである。

「はっ⁉」

シャルロッテは俺を見つけて頓狂な声を上げる。また怯えて固まるのかと父さんが困り顔になった次の瞬間。

「あにうえさま！」

「でえ⁉」

俺にダイブ。避けるのは非人道的すぎるので仕方なく抱きとめる。

「あいたかったです、あにうえさま」

ぷにぷにのほっぺを俺の胸にこすりこする。

我が子の変貌ぶりに父さんは目をぱちくり。

「あらあら、いつの間に仲良くなったのかしら？」

母さんが入ってきて楽しそうに言う。バレてない、よね？

「どういう心境の変化だ？」

「わたくしは、あにうえさまがだいすきになりました」

手のひらくるりん具合がすごい。命を助けられたらまあ、そうなる、のか？

「何があったのだ？」

父さんは母さんに尋ねたのだが、答えたのはシャルロッテ。

「いいえ、なにもありません！　ときとばあいによりますし、わたくしはこどもですけどよいのです」

あのさ、嘘をつくなら含みのある言い方はやめようね？

手を放してもしがみつくお子様を、そっと撫《な》でる。髪の毛さらさらだな。

「えへへ♪」

よくわからんが、嬉しそうなのでもっと撫でてやった。こういうのも悪くないな、と初めての感触を堪能する俺でした――。

☆

「まったく、使えない連中だわ」

王宮とは別の建物――離宮の一室に冷然とした声が響いた。

手から放り投げられた紙がボッと火に包まれて、床に落ちるまでには塵《ちり》と化す。

「盗賊に見せかけて領内を混乱させる、なんてまどろっこしいわよね。せっかく扉を開いてあげたのだから、風使いの精鋭でも送りこんであの男を暗殺してくれればいいのに」

報告を持ってきた男はその冷たい瞳にぞっとする。

王妃にして救世の英雄、閃光姫ギーゼロッテ・オルテアス。

彼女の美しさは以前と変わらず、その実力も威光も健在だ。そしてここ数年、急速に国内での力を増していた。

十一年前の魔王討伐に始まり、九年前に第一子が死産したと発表されてからも哀しみを乗り越え、翌年には新たな王子をもうけた。王子は母には及ばないものの素質は十分。期待に応えた彼女の人気はますます高まる。

対する国王ジルク・オルテアスの権威は失墜する一方だ。

目立った失敗はない。ただし目立った功績も皆無。ギーゼロッテが持ち上げられた分、相対的に民衆は王を蔑んでいた。

飛ぶ鳥を落とす勢いのギーゼロッテではあるが、それでも盤石には届いていない。

国内にはもう一人、彼女を脅かす存在がいたのだ。

ゴルド・ゼンフィス辺境伯である。

元魔王討伐メンバーに名を連ねた彼は、実直な政治と有能な人物を身分によらず重用する姿勢が評価され、民衆の人気も高い。また彼は国王と親戚筋であり、国王が即位する前は兄弟のように親交が深かった。

低迷する国王派閥で唯一、ギーゼロッテが危険視する人物。

彼女が放っておくはずなかった。

「しかし度重なる失敗で、帝国はこれ以上の協力を拒否してきました」

「ま、当然よね」

ギーゼロッテは秘密裏に敵対国家である帝国と手を結び、ゼンフィス卿《きょう》領内へ帝国兵が侵入する手引きをしていた。

いかに閃光姫といえど味方を直接は襲えない。しかし外国が邪魔者を排して侵攻してくれれば、それを撃退して自らの地位を盤石にもできる。ギーゼロッテの自信の表れであった。

一方の帝国は魔王討伐後から領土拡大に腐心し、南方面の王国も狙っている。国王と王妃の対立を利用していずれは辺境伯領へ侵攻する腹積もりだった。

「彼らにしてみれば、わたくしとゼンフィス卿が結託して帝国を騙《だま》したと思うもの。しばらく彼らは使えないわね」

「いかがいたしますか？」

「それを考えるのは貴方たちの役目でしょう？」

彼女がのし上がってこられたのは魔法の実力以外に、優秀なブレインを多く抱えていたからだ。

「弱みをつかんでそこをつく。何かないの？　あの男が揺さぶられるようなネタは」

「そういえば、ゼンフィス卿は魔族を一人召し抱えているとか」

「だから？　そんなことは知っているわ。ハーフの魔族だったかしら。でもメイドとして雇っているのでしょう？」

ならば戦闘力はさほど高くないはず。魔族を兵士にしているなら『叛意《はんい》あり』と糾弾もできるだろうが、メイドを咎《とが》めたところでその首を差し出されれば済む話だ。むしろネチネチと細かい言いがかりをつけたとこちらの悪評が広まってしまう。

「やっぱり暗殺するのが手っ取り早いかしら？」

冗談めかして言っているが、本気だと男は慄いた。

「しかし、王妃様の関与が疑われては一大事です。それに国内であの男を殺しきれる者がいるかどうか……」

ゴルドは、こと守りに関しては国内最強を誇る。単独の機会を狙うのも彼の立場上、皆無に近かった。

「なら国外で探しましょう。帝国辺りで冒険者を雇ってね」

それでも確実とは言えない。

「子どもでも人質に取れば多少は隙ができるかもね。たしか息子と娘がいたかしら」

「息子は平民から引き取った孤児なので血縁ではありません。娘のほうはまだ幼く――」

「だからなに？」

男はごくりと生唾を飲みこんだ。

「ああ、でもその娘、魔法レベルが公表されていないわね」

貴族の子女はある程度成長するまで公表しないことが多い。高くても低くてもふつうであっても、政敵に付け入る隙を見せたくないなどの理由からだ。

「気になるわね。けれど国王へは報告の義務がある。調べてちょうだい」

「……かしこまりました」

「それと、暗殺のほうもね。準備に時間はかかるでしょうけれど確実にやってちょうだい」

男は深々と頭を下げ、部屋を出ていく。

ギーゼロッテは笑みを零した。

「ふふ、平民の孤児を息子に、ね。そんなクズを庇護《ひご》して何が楽しいのかしら？」

彼女は知らない。知る由もない。

その子こそ彼女が九年前に無能と断じて捨てた、我が子であることを――。

おまけ幕間　犬耳メイドの観察記録（二）

メイド仕事に『幼児のお世話』は含まれていない。しかしなんだかんだでフレイは我が妹の相手をしてくれる。

「フレイは、おそらをとべないのですか？」

シャルロッテちゃんが純朴な瞳で残酷なことを言った。

「私は大地の王者。いや待って。主を差し置いて王を名乗るのダメ。ともかく地を駆けることにおいてはハルト様の次にすごいのだ。空なんぞ飛べなくても困らない」

「でも、あにうえさまは、とびます」

「私の役目は不敬にも我が主を仰ぎ見る輩を一掃することだ。うん、そういうことにしてほしい」

「わたくしは、とびたいです」

「私もべつに飛べなくはないぞ？　ただすこしばかり慣れていないだけだ」

あ、この流れでそういうこと言っちゃう？　ほら、シャルロッテの瞳がキラキラしてるじゃん。

羨望の眼差しだよ。

「おしえてください！」

「いやだから私は――」

「おてほんを！　みせてください！」

俺なら絶対に断れない流れだ。

「ぐ、ぅぅ……す、すこしだけだぞ？」

フレイも折れた。仕方ないね。

「では、ゆくぞ」

悲壮な決意をもってして、フレイは両手を真上に伸ばした。

ずびゅんと真っ直ぐ打ち上がる。おお、本当に飛べたな。しかし話によれば飛翔《ひしょう》魔法は姿勢制御がめちゃくちゃ難しく、ただ浮くだけでも困難極まりないとか。

「ぬぅーおぉーっ！」

フレイは膨らませた風船が手から離れたみたいに、ぐるんぐりん滅茶苦茶に飛び回っていた。

「すごいです！　とんでます！」

飛んではいるが制御はできていない模様。

やがて林の中へ突っこんだ。

バキバキ、バササァ！

枝を折り、葉っぱにまみれてフレイは直進し、茂みの中へズボッと落っこちた。

「ふっ、私が本気を出せばこんなものよ」

ボロボロになって茂みから現れるフレイ。髪に枝が突き刺さり、服は葉っぱと土まみれ。

「二人とも何をしているの？」

そこへ母さんが現れた。フレイの姿を見て『わちゃー』って顔をしている。

「フレイにおそらのとびかたを、おしえてもらっています」

「えっ、飛翔魔法を？　貴女にはまだ早いわ。シャルロッテ、無理を言ってはダメよ」

シャルロッテの表情が絶望に染まる。目に涙をにじませながらも、しかし自分がわがままを言っている自覚があるのか、口を引き結んで耐えていた。

なんて健気！　そして哀れ！

俺の中で今まで欠片もなかった尊い感情が芽生えた。

それはフレイも同じだったのだろう。

「ぐ、くぅ……ちょっと待っていろ！」

全力ダッシュで向かった先は、

「ハルト様！」

俺の部屋に入るなりジャンピング土下座を決めた。惚《ほ》れ惚《ぼ》れするほど美しい。

「みなまで言うな。これを持っていけ」

このわずかな間で用意しておいたブツを指し示す。

子ども用の、跨《また》がるのではなく中に入って動き回る乗用玩具。車ではなく飛行機タイプを結界魔法で作っていた。

フレイは無言でうなずくと、それを抱えて戻っていった――。

「すごいすごいです！　とんでいます！」

シャルロッテは飛行機型乗用玩具に乗りこみ、きゃっきゃとはしゃいでいる。

安全を配慮して三メートルほどの高さをふよふよ飛ぶのみだが、握ったハンドルを右に左に傾ければそっちへ進む。

急造のおもちゃにそんな機能はもちろん付けておらず、俺がこっそり操作しているのだ。

「なんなの、あれは……？」と母さん。

「魔族シークレットだ。深くは考えるな。安全性は完璧だ」

フレイに言われても信じられんよね。そこは母親。我が子が落下しようものなら全力で受け止めようと身体強化系の魔法を自身にかけまくっている。

ともあれ幼女の夢が叶《かな》った。

俺にはそれで十分さ、と独り言《ご》ちていたところ。

「ありがとうございます、あにうえさま」

シャルロッテはそんな小さなつぶやきを風に流すのだった――。

第三章　正義の執行者、爆誕

天下泰平、世はすべてこともなし。

などと浸りながら引きこもっていたい俺だが、そうは問屋が卸さなかった。

けたたましく警報が鳴る。

俺は侵入者を素早く検知する結界を自室の周囲に張り巡らせていた。つまりこの部屋に誰かが近づいているのだ。

「あにうえさま、あそんでください！」

勢いよくドアが開かれ、突入してきた小さき人。シャルロッテだ。

「お前さ、ノックくらいしろよ」

「あにうえさまは、まえもってしっていたごようす。ひつようでしょうか？」

「マナーの問題としてね」

「わかりました。つぎからは、かならず」

できれば突入自体をご遠慮願いたい。このところ毎日だからなあ。結界の警報音がうるさいったらない。それ以前に人と話すのが苦手な俺には戸惑いのほうが大きかった。

嫌われまくっていた以前もだが、懐かれたら懐かれたで困る。どうしていいかわからん。

まあでも嫌じゃない。

むしろ小動物を相手にしている感があって癒やされる。

こいつは生まれたときから知っているが、つい最近までは毛嫌いされていた。だからいきなり愛らしい義妹に『あにうえさま』と慕われる二次元的展開に心も躍るのだよ！

興奮をおくびにも出さず、俺は眼前に浮かべていた板状結界を消す。シャルロッテにはいろいろバレてるから隠すのがおざなりになってるな。

「いまうかんでいたのは、なんですか？」

「ん？　ああ、監視用の魔法だ。部屋に近づく誰かの姿を映し出す」

ほわわ、とシャルロッテは驚いている。

「わたくしのしらないまほうです。なんとよぶまほうですか？」

「……監視用魔法？」

俺の結界魔法は特殊仕様（らしい）とか説明するのが面倒なのです。

シャルロッテはむむむと難しい顔をする。やがてハッと何かに気づいた感じで言った。

「こだいまほう、ですね」

何それ？　いや思い出した。神話時代に隆盛を極めた魔法体系で、現代魔法とは理論からしてまったく違うらしい。今は失われているとか。そういや俺、古代魔法を研究していると父さんに言ったな。でも俺のは現代魔法で基礎中の基礎である結界魔法。そんな高尚なものではない。

が、言葉に窮したので話を合わせる。

「まあな」

ひと言かい！　とセルフツッコミ。

「あにうえさまは、こだいまほうをけんきゅうしていたのですか？」

「そうね」

ちびっ子との会話は難しい。ちびっ子によらず誰であろうと難しいのだが。

「ですけど、ここにはこだいまほうのごほんが、ありません。なぜですか？」

君わりとぐいぐいくるね。

「それはほら、失われた魔法だし？　資料も残ってないし？」

「ありますよ？」

え、そうなの？

「おしろのしょこで、みたときがあります」

「城の書庫になんの用で？」

「ごほんをよむのは、とてもたのしいです♪」

あそこの本って小難しいものばかりじゃなかったか？　五歳児が読めるとは思えんのだが……絵本とか置いてあるのかな？

「ごあんないします」

シャルロッテは俺の手を引っ張る。

さすがに『持ってきてよ』とは言えず、俺は渋々部屋を出た——。


書庫は広かった。

城の奥にあるので空気が淀《よど》んでいるのだが、前世で俺の家の近所にあった小規模な図書館くらいある。三メートル上の天井まで書棚が壁面を隠し、中にはびっしり大小の本が並んでいた。

シャルロッテは脚立みたいなのを持ってあっちへ行っては本を抜き、こっちへ来ては本を抜く。どこに何があるか完璧に把握している動きだ。

「あにうえさま、こちらです」

計五冊の本が積まれる。みなわりと新しめだ。分厚い一冊を手にする。これが一番真新しい。

表紙には『古代魔法の復活可能性について』と書いてあった。著者はなんか長ったらしい名前なので無視。

冒頭は『古代魔法とはなんぞや』のお話で、延々と語られている。

「面白いな」

率直な感想だった。解説書のくせに物語仕立てになっていて、神話やそこから推測した時代背景を元に、登場人物が問題に対処する方法として古代魔法が使われる、という流れだ。

神様だらけで壮大ながら、各キャラは人間味があって共感しやすい。まさか異世界でラノベが読めるとは驚きだ。

さらに驚いたのは、記載されている古代魔法が結界魔法に通ずるものだったこと。

特徴的なのは古代魔法が『無属性魔法』であること。そこに【火】やら【水】やらの属性を付与していろいろするってのはまさしく現代の結界魔法そのものだ。

「こだいまほうには、いろいろなかいしゃくがあります。けど、そのごほんがいちばんおもしろいですね」

「お前、これ読んだの？　難しい言葉が多いけど」

「ははうえさまやフレイに、おしえてもらいながらです」

だとしてもすごくないか？

「あにうえさま、ごほんをよんでほしいです」

シャルロッテは俺にぴったりと寄り添う。

「これはもう読んだんだろ？」

「おもしろいごほんは、なんどよんでも、おもしろいです」

子どもって絵本とか何度も読み返すよな、そういえば。俺も好きなアニメは何度も見るけど。アニメ、恋しいな。異世界唯一の不満と言ってもいい。あと米。醤油《しょうゆ》。いっぱいあった。

俺は言われるままシャルロッテに読み聞かせる。声に出すと覚えやすいって話だし、俺の理解の一助にもなるはず。なにより会話のキャッチボールに比べて断然気が楽だ。

「おっ、この展開って見たことあるな」

相手の策を逆手に取った逆転劇は、某アニメの熱いシーンを彷彿《ほうふつ》とさせる。

「どのようなおはなしですか？」

「ああ、それはな――」

ときどき脱線しつつ、俺はアニメや漫画の知識を披露した。

一方的に話しまくるのは得意だ。オタのマシンガントークを食らうがいい！　これ絶対嫌われるやつなんだけどね。

「ほわわぁ、そ、それで？　つづきはどうなるのですか⁉」

ところがどっこい、ものすごい食いつきである。こいつとは趣味が合いそうだ。

脱線どころではなくなった。俺はちょっといい気になったのもあって、アニメや漫画のネタを切ったり貼ったりして独自の物語を創作して語る。二次創作って楽しいよね。でもオリキャラは危険だ。しかし俺はあえてやる。

「あにうえさまは、はくしきですね。すごいです」

ここでもシャルロッテはいたく感動した様子。

なんだろう、すごく楽しい。

俺は古代魔法の本からネタを拾いつつ、話を広げていく。

「へえ、異界を行き来できる神様がいたのか。すごいなあ」

まあ神様だしね。俺も転生するときに女神的な何かを見た気がする。顔はハッキリしないけど。

「異界、か」

前世の俺からすればこの世界はそうだな。逆にこちらから見たらあっちの世界は異世界になるのか。べつにあっちの世界に未練なんてないが、それでも――。

「つなげたら、アニメが見られるのかな？」

「あにめ、とはなんですか？」

おっと独り言を拾われてしまった。

「絵がね、動くんだよ。そしてしゃべる」

「えがっ⁉」

シャルロッテは驚いている。

「ふしぎなまほうですね」

高度に発達した科学技術は魔法と大差ない。その意味では魔法なのかもな。

「わたくしも、みてみたいです」

幼い妹の切なる願い。叶《かな》えずして何が兄か。というか俺が視たい！

「よし、お兄ちゃんに任せておけ！」

こうして俺は、『現代日本とつなげてアニメを見よう』計画を発動させた――。

★

詳細は省くが、『現代日本とつなげてアニメを見よう』計画は成功した。

……うん、なんで？

あーだこーだいろいろ試して二週間。現代日本のネット環境にアクセスできてしまったのだ。仕組みがまったくわからない偶然の産物だが、いちおう再現は可能。なんだこれ？　まあいいか。

不思議にも接続したあっちは俺が死んだ直後くらいだった。俺が個人で契約していた動画配信サービスのアカウントは生きていて、こっそり作ったネット口座も健在だ。

前世の俺の両親はその辺り疎いからな。俺が死んでからも気づかず放置しているのだろう。口座にはそこそこの金額が残っているので向こう十年は現サービスを受けられる。理論上は。

とりあえず現状では悪に手を染めることなく真っ当に正規のサービスを享受できて一安心。

さっそくアニメの視聴を開始した。

突然の死で途中までしか見られなかった異世界モノを一話から。内容を忘れてるので。

「す、すごいです！　えが、うごいています。そしてしゃべっています！」

うん、それ言ったよ？

シャルロッテも一緒だ。秘密は守るように固く約束している。

「でもあにうえさま、このひとたちは、なんといっているのですか？」

「あー、そっか。これ日本語だもんな」

俺は異世界転生ボーナスかしらんが、この世界の言葉を生まれた瞬間から理解していた。しかしシャルロッテは日本語なんてわからないよな。

「あにうえさまは、いかいのことばも、わかるのですね」

キラキラした瞳を向けられると面映ゆい。俺にすれば母国語だからなあ。

「おしえてください」

そうきたかー。やぶさかではないのだが言語学習って大変よ？　俺は英語からっきしだし。中二的外国ワードはアニメや漫画で履修済みだけど。ドイツ語カッコいい。

で、シャルロッテは五歳児だ。吸収は早いだろうが、いったい何年かかるやら。

ところが、である。

「もじにいみがあるのは、すてきですね。なりたちも、きょうみぶかいです」

こいつ、開始二時間で平仮名とカタカナをマスターしたどころか、小学校低学年レベルの漢字まで憶え始めやがった。

しかも、である。

「ええっと、『せいぎ』、『いみ』をいれて、むしめがね、をぽちっとです」

検索サイトを使いこなし始めたぞ？　さすがに表示された画面の翻訳は俺がやっているが、その都度新しい言葉をいくつも憶えていく。

ちなみに手元にはキーボードを（結界で）自作している。どういう理屈で（これまた結界で作った）画面とつながっているかは知らない。

とにかく！

二週間ほどがあれよと経ってみれば。


今日も今日とてばーんとドアが開かれる。

「あにうえさま、『たまゾン』のつづきをくださいっ！」

シャルロッテにはふつうにアニメを視聴できる能力が備わってしまった。

「お前、たまゾン好《そ》きね《れ》」

「はい。きょだいとし『さいたま』にあふれるゾンビたち。それらからみなさまをまもる、せいぎのみかた。たぎります」

ベタだが王道。アクションシーンや神作画が相まって実に面白い作品が『さいたまゾンビ』、略して『たまゾン』だ。二期も決定している。けれど現代日本に近い世界観だ。

「電気とか車とか訳わからんのでは？」

「ふしぎなせかいです。でも、そういうものだとおもえば、なんとなくだいじょうぶです」

順応性高い子だな。

難しい単語は都度俺に訊《き》きつつ、シャルロッテはときに立ち上がって主人公の必殺技ポーズをマネしたり大暴れ。ちびっ子って体動かさなきゃアニメを見られない生き物なのか？

「ふぅ、こんかいも、おもしろかったです。ではつぎを――」

「待て」

きょとんとするシャルロッテだが、ここは言ってやらねばなるまい。

「さすがに五話連続ぶっ通しはよくない」

この世の終わりみたいな顔してる。わかる。俺も辛い。だがお前はまだお子様なんだ。テレビは一日三時間くらいにとどめ、休憩を挟むべきである。

実際シャルロッテは視聴疲れが顕著だった。

その日の夕食でも――。

「シャルロッテ？　眠いの？」と母さんは心配そう。

うつらうつらと船を漕《こ》ぎ、ハッと起きてはまたとろんとする。

「ハルト、最近シャルロッテがお前の部屋に入り浸っているが……何をしているのだ？」

「こだいまほうの、けんきゅうです！」

俺の代わりに叫んだものの、へにゃへにゃする。

母さんはシャルロッテを支えつつニコニコした。

「古代魔法？　ハルトは研究方面に進みたいのかしら？」

「ああ、うん、まあ」

曖昧《あいまい》に答える俺。

「お母さんはいいと思うわ。ハルトにはぴったりだもの」

何をもって『ぴったり』なのか不明だ。

「シャルロッテが自分からハルトの手伝いをしたいのなら、それでいいとも思うの。でもね、この子はまだ小さいわ。夢中になり過ぎないよう、貴方がしっかり見ていてあげて」

「うん、わかってる」

ただでさえ、言語学習に加えてハイテク知識なんてものをアニメから吸収してるもんな。過度な情報摂取は頭がパンクしてしまいます。

ところで、どうして母さんはこぶしを握り締めて「っしゃあ！」と小声でのたまってるの？


その夜はシャルロッテにアニメ禁止令を出し、俺も彼女の苦痛を同じく味わおうと早めに寝た、のだけど。

けたたましく警報が鳴る。

シャルロッテが俺の寝床に侵入し、俺を抱きまくら代わりに寝息を立てていた。

ついに就寝中まで……。

続けての警報が耳の中で鳴った。今度は誰だよと部屋の外を結界で映し出すと。

「うふふ、シャルロッテったら、あんなにハルトに懐いて」

母さんがこっそり俺の部屋を覗《のぞ》いているではないか。何やってんのよ？

「理由はわからないけれど良い傾向ね。というか半ば諦めていた私の夢が現実になろうとしているわ。がんばるのよ、シャルロッテ。あなたたちは血がつながっていないのだから！」

母さんどうした？

何か企んでいるような気がしないでもないが、ともかく寝かしてくれと思う俺でした――。

★

一ヵ月が過ぎた。

シャルロッテはこの間いくつものアニメを視聴してその嗜好《しこう》傾向がなんとなくつかめてきた。女児向けの変身魔法少女系を軸にして、現代や異世界によらず異能系バトルモノがお好みだ。

「そこです！　えもーしょなる・しゃわーっ！」

夕食後、相変わらず体を思う存分躍動させ、必殺技ポーズを披露する。

「ふぅ……。こんかいも、えもーしょなるでした。あくは、かならずほろびるもの」

「そう単純なものでもない。悪には悪の信念ってのがあるんだよ」

「おくがふかいです」

こうやってアニメ談議に花を咲かせるのも悪くない。俺は前世でSNSやネット掲示板を眺め見る程度で、意見を言い合ったりは面倒臭くてしなかった。

見えない相手とのやり取りってよけい緊張するのよね。

でも幼い子どもに教えながらだと楽しい。こんな楽しみ方があったのかと新鮮な気持ちだ。

「あにうえさまも、わるものがはんせいしたら、ゆるしてあげるのですか？」

「はい？」

「さすがあにうえさま。おやさしいです」

いやだから、肯定の意味ではなくてですね？　まあいいか。

時計を見ればよい子は寝る時間が迫っていた。

「そろそろ風呂入って寝たほうがいい」

俺も風呂に入るか。その後は大人の時間だ。中身は大人なので、俺は深夜までアニメを見ても許されるはず。

シャルロッテの頭を撫《な》でてから浴室のドアを開いた。

脱衣場であらゆるものを脱ぎ捨てすっぽんぽんになると浴室へ直行。まずはわしゃわしゃ髪を洗う。ぺたぺたと足音がして、ざぶんと湯船に何かが飛びこむ。

「いいおゆです♪」

上機嫌でアニメソングを歌い出しましたね。

「……何をしている、シャルロッテ」

「おふろにはいれ、といわれました」

たしかに言った。俺がね。でもさ、

「まずは体を清めてからだ」

「そうでしたか」

よっこらしょと湯船から出て、俺の隣でアワアワになる我が妹。

なんだろう？　この状況。

俺もこいつも肉体はまだ子どもだし、血はつながっていないけど兄妹だし、悪いことではないんだろうが……。

と、シャルロッテがぴたりと動きを止めた。じっと俺を見ている。俺の顔でもなく、男と女で違う箇所でもなく、俺の胸。その左側を――って、しまった！

実は俺、元王子様なんです。

でもそれはトップシークレット。両親とフレイしか知らない。父さんたちは俺にも話していなくて、俺自身も知らないことになっていた。

王家の子女には証があり、体のどこかに〝王紋〟と呼ばれるかたちで現れる。

ふだんは『びっくりテクスチャー』なる皮膚に模したシール型結界で隠しているが、風呂に入るときは剝がしていたのだ。そこだけ洗わないって不潔でしょ？

「あにうえさま、それは……？」

「えっと、これは、だな……」

しどろもどろになる俺。言い訳が思いつかない。

「みたことが、あります」

さすがは王家の親戚筋。王紋を知っていたか。どうする俺？　ピンチ！

「もんしょう、ですね。せいぎのあかしです！」

ああ、アニメの話ね。変身時に額の紋章がぴかっと光るなんとかいうヒーローがいたな、そういえば。たしかにそれに似ていなくはない。

「このことは内緒だぞ？」

「ちちうえさまや、ははうえさまにもですか？」

「そうだ。正義の味方は正体を隠さなくてはならない」

力強くうなずく妹。どんどん内緒事項が増えていく。

でも仕方ない。王紋の件は父さんも母さんも知っているが、それを俺が知っていると知られてはならないのだ。ややこしい。

「つぎのしゅつげきは、いつでしょう？　わたくしもおともしたいです」

こいつと仲良くなったきっかけは盗賊に扮《ふん》した帝国兵から救った事件ではある。でもそれ以降、俺は出撃などしておりませんよ。

とはいえキラキラした無垢《むく》な瞳で見つめられてはこう言わざるを得ない。

「お前にはまだ早い」

「ざんねんです。はやくわたくしも、あにうえさまのおてつだいがしたいです」

素直で諦めがよいいい子だな、と思ったのも束の間。

「せめてあにうえさまのしゅつげきを、みおくらせてください」

そんな予定はまったくないのだけど、しかし――。

★

ある日のこと、武装した兵士さんたちが城門前に集まった。

父さんも巨大なハンマーを背負い、城で一番大きな馬に跨《またが》る。

「ではナタリア、ハルト、後は頼んだぞ」

「ええ、いってらっしゃい、あなた。お気をつけて」

俺とシャルロッテが手を振って見送る中、父さんは兵士さんたちを連れて南へと向かった。

このところ領内では、またも盗賊があちこちに拠点を構えて暴れ回っていた。

帝国からのちょっかいがなくなり、迷い魔物はフレイがいい感じにコントロールしてくれている。ところが王国内は権力闘争の影響か庶民は貧しい暮らしを余儀なくされ、盗賊になる者も少なくなかった。

で、王都や他の領地から追われた奴らが、比較的政治が安定して豊かな辺境伯領に流れてくる。迷惑な。

父さんは先週村を襲った盗賊たちの討伐に向かったのだ。

自室に戻る。シャルロッテとフレイがなぜかついてきた。嫌な予感しかしない。

「あにうえさま、しゅつげきですね」

ほらね。

「盗賊ごときにハルト様が手を煩わせる必要などあるまい。だが俗物どもを蹴散らすのは埃《ほこり》を払う程度のこと。造作もない」

支離滅裂な発言では？　前半部分で終わっておけよ。シャルロッテのワクテカが止まらないじゃないか。

仕方ない。父さんたちに万が一にもケガがあっては困るしね。

「んじゃ、行ってくる」

「へんしんは、しないのですか？」

「ははは、うっかりしてたよ」

変身って何にですか⁉

俺はシャルロッテのお好みを脳内検索して正答を探る。さすがにふりふりピンクな魔法少女は違うよね。違うに決まってる。

最近見てたやつだと、近未来ＳＦっぽいバトルモノで大興奮してたな。メタリックなフォルムに興味津々で、『かっこいい！』を連呼してた。

よし、それでいこう。

「へん、しんっ」

俺はそれっぽいポーズをしながら結界で我が身を覆う。お子様の俺自身が中にすっぽり収まる、成人男性サイズの長い手足を形作った。動かしづらいがじきに慣れるだろう。

黒くメタリックな全身スーツ。頭部は流線型のヘルメットで、こちらもつるりと近未来風。片目がギランと妖しげに赤く光ってみたり。

「か、かっこいいです！　すてきです！」

よかった。姿見で確認したら個人的にめちゃくちゃ恥ずかしいのだが、シャルロッテが喜んでくれるならもうこれでいい。考えるのをやめた俺。

「んじゃ、今度こそ行ってくる」

「はい、ごぶうんを！」

大きな声を出したものの、シャルロッテはどこか寂しそうに眉を八の字にした。

「どうかした？」

「……わたくしは、こうしてあにうえさまをおみおくりするしかできないです。ごかつやくを、ちかくでみたいのに」

それでも連れて行けとはけっして言わない。なんて健気。ずきゅーんってきた！

俺は監視用結界を作る。

「これで俺の勇姿を見届けてくれ」

もちろん相手はお子様だ。グロいシーンやえっちな映像は謎の光が隠してくれる仕様。

「ありがとうございます、あにうえさま！」

そうしてこうして。

俺は妹に見送られ、窓から外へ飛び出した。……ところで、目的の村ってどこですか？

父さんたちの行軍にこっそり紛れ、俺は目的の場所にやってきた。光学迷彩結界で姿を隠していたので気づかれてはいない。

小さな村にほどちかい山間の洞窟に盗賊たちは隠れ住んでいた。

辺境伯軍の接近に気づき、慌てて罠《わな》を張る彼ら。

どうやら元は王都のゴロツキ連中だったらしく、正規軍と戦う気はこれっぽちもなく逃げる算段をつけていた。

逃がせば別の村を襲うだろう。

というわけでまずは逃げ道を透明結界でふさぐ。洞窟は別の場所にもつながっているから、そっちを封鎖した。

「なんだよこれ⁉」

「見えない壁だと？」

「どうなってやがる！」

「早く行けよバカ！」

「だったらテメエがなんとかしろ！」

「うおっ！　松明《たいまつ》をこっち向けんな！」

貧相な装備からして勢いで盗賊になった口だな。統率も取れていなくて、行き場のない怒りを仲間にぶつける奴もいた。

さて、いつもなら姿を隠したまま後頭部に透明結界をぶつけて沈黙させる卑怯《ひきょう》極まりない手を使って楽をする俺だが、今回は自重する。

なぜか？　純真無垢なちびっ子の夢を壊してはいけないからだ。

「観念しろ、悪党ども」

いくつも重ねたような電子音声っぽい声で威圧する。声で正体がバレないようにね。

照明用の結界でスポットライトを浴びた俺は、どこぞのアニメから拝借したポーズを決めた。

「な、何モンだ⁉」

「どっから現れやがった？」

「ふざけた格好しやがって」

美意識のない人たちはこれだから嫌なのよね。いや俺もどうかと思うけどさ。

「大人しく投降するなら良し。抵抗するなら少々痛い目をみることになるぞ」

こういうキャラ作りとかやったことないのでドキドキが止まらない。ちゃんとできてる？

「テメエ……」

「ふざけんじゃねえ！」

「やっちまえ！」

さっきまで仲間割れ寸前だったのに俺の登場で息ぴったりな皆さん。

ま、見たところ魔法レベルは低いし、当然のように動きは城の兵士に及ばない。これなら俺の体術でもなんとかなるなる。

振り下ろされた剣をひらりと避け、首筋に手刀をお見舞いする。アニメとかで気絶させるときにやるアレだ。

ゴキリ。

「いてえっ！」

あ、狙いを誤って鎖骨を折っちゃった。てへぺろ。

その後も襲いくる敵をバッタバッタと薙《な》ぎ倒しはしたのだが。

「ぐぅ……」

「いてぇよぉ……」

「あぐ、うげぇ」

気絶させるのって難しい。ちびっ子が見てるから殺さないのはもちろんだが、血飛沫《ちしぶき》が飛ぶのも躊躇《ためら》われるのだ。気を遣うなあ。

とりま戦意を喪失して逃げ惑う連中を追いかけ回して戦闘不能にする。勢い余って手とか脚とかが関節とは逆方向に曲がっているが、謎の光の帯でお子様には届いていないはず。

あらかた片付いたので、一番偉そうな奴を引きずって洞窟から出た。

居並ぶ兵士さんにちょっと面食らう。父さんの部隊がちょうどやってきたところだった。ちなみに盗賊たちの罠は俺がすべて破壊しておきました。

「何者だ！」

兵士さんの一人が叫び、槍《やり》を構えた。他の兵士さんたちもそれぞれ武器を俺に向ける。

「待て！」

が、父さんは一喝して馬から下りる。俺が引きずってきた盗賊にときおり目をやりつつ、近寄ってきた。

「仲間割れ、ではなさそうだな。貴公は中で盗賊と戦っていたのか？」

「そうです」

声ではバレないと思うけど緊張するな。役作りが吹っ飛んだよ。さっそく敵認定されなくてよかったけど、下手したら俺も捕まっちゃうかな？

「中の状況はどうなっている？」

「全員倒しました。漏れはない、と思います。殺してもいないです」

父さんは振り返って目で合図する。十人くらいが松明を持って洞窟へ入っていった。

待つこと十分ほど。

重苦しい沈黙から早く逃げ出したかった。

やがて数人が戻ってきて、父さんに耳打ちした。

驚いた表情のあと、真剣な面持ちで俺に正対する。

「儂《わし》はこの一帯を国王陛下より預かるゴルド・ゼンフィスだ。まずは領主として感謝を述べたい」

無防備に頭を下げるも、険しい顔はそのままに続ける。

「貴公の名を問いたい」

どうしよう？　まだ決めてないぞ。ここは正直に答えよう。

「名前はまだない！」

盗賊をその場に落としてポーズを決めた。

白けた空気がとても辛い。

「以前、盗賊の拠点四つを攻め落とし、我が妻と娘を救ってくれたのも貴公だな」

「そんなことも、あったかもしれません」

曖昧に答える俺。恩着せがましいのもなんなので。

「そうか。その節は助かった。重ねて感謝する」

ようやく父さんの表情が和らいだ。しかし今度は困ったように眉間のしわを深くする。

「正体は教えてくれぬのだろうな。であればせめて、貴公の目的を聞かせてもらえないだろうか？」

目的……目的？　シャルロッテを喜ばせようと思って、などとは口が裂けても言えない。

俺は頭をフル回転させて答える。

「正義。そう、正義だ。俺は正義の執行者。正義を守り、正義を伝え、正義を行う男だ！」

大変、『正義』がゲシュタルト崩壊しちゃう。

これ以上は何かやらかしそうに感じた俺は、「とう！」と空高く飛び上がり、「さらばだ」と尻尾を巻いて飛び去った――。


城に戻り、窓から部屋に入る。

「あにうえさま、かっこよかったです！」

夜中だというのにシャルロッテが待っていた。俺の活躍を自身の動作で再現する興奮具合。

喜んでくれてよかったよ。でもお兄ちゃんは疲れました。体力や魔力はまったく問題ないが、精神的にね。

「つぎは、いつしゅつげきですか？」

えっ、またやるの？

眠いくせに瞳をキラキラさせる妹の、期待を裏切るわけにはいかないよなあ。

その日は寝たが、以降も何度となく俺は全身黒の出で立ちで、あっちこっちで正義を執行する。

やがて俺はこう呼ばれるようになった。

――黒い戦士、と。

なんの捻りもありませんね。

☆

帝国と王国を結ぶ道はいくつかある。今でこそ敵対しているが、魔王討伐以前は協力関係にあった。互いに関を作り往来は厳しく制限されているものの、人や物の流れが皆無ではない。

辺境伯の居城からもっとも近い王国側の関所に、冒険者風の三人が訪れた。

一人は刺突剣を二振り腰に差した女剣士、一人はローブ姿の痩せ型の男。もう一人は巨漢だ。

警備兵が素性や目的を問うと、彼らはまさしく冒険者であり、帝国で魔族狩りを生業にしていたとのこと。目的は辺境伯への仕官だった。

ぼさぼさで短髪の女剣士が言う。

「魔族どもってほとんど狩り尽くされてんじゃん？　先のない商売にしがみつくよりもさ、いっちょ真っ当な仕事でもって一念発起？　したわけよ」

「仕官なら慣れ親しんだ帝国ですべきではないのか？」

「あー、ダメダメ。あそこで出世すんのはエリート様だけってね。けどこっちの領主サマはアタシらみたいな育ちが悪い連中でも、実力があれば重用してくれんでしょ？」

「たしかにゼンフィス様は出生にはこだわらないが……帝国で長く活動していたのだろう？　その辺りを考慮すると難しいと思うがなあ」

それに、と警備兵は三人を順に見て言う。

「諸君は一人を除いて魔法レベルが25前後だ。これほどの猛者が国境を越えるのは見過ごせない。ここ最近は帝国とひと悶着《もんちゃく》あってね。慎重になっているんだよ」

「アタシらは冒険者だよ？　金さえ払ってもらえりゃ誰にだって尻尾を振るさ」

「それはそれで……いやまあ、ある意味信用はできるか。しかし規則に照らして諸君を通すわけにはいかない」

「そこをなんとか。ねえ、いいでしょ？」

女剣士は警備兵に身を寄せる。金属鎧《よろい》に覆われている胸はなかなかのボリュームだった。

「なんと言われようと規則なのでね」

警備兵にぴしゃりと言われ、女剣士が冷たい殺気を放った。

と、彼女の肩が引っ張られる。

「連れが失礼した。しかし規則と言うなら方法があるのでは？」

ローブ姿の男だ。支援系あるいは遠隔魔法を操る生粋の魔法使いタイプだろう。

「我らは正式な手続きに則るつもりでいる。不安ならば我らに監視を付けてはどうだろうか？」

「可能だが、こちらも人手不足でね。数日はここで待ってもらうことになるがよろしいか？」

ローブの男がうなずく。

警備兵が上官に確認に向かう間、三人は取り調べ室のような部屋で待たされた。

「ったく、面倒ったらないね」

「そうぼやくな。正規に国境を越えられれば後が楽になる」

「ま、強行突破しても面倒っちゃ面倒か。バカみたいに目立つのがいるしね」

女剣士がじろりとにらんだ先には、直立不動の大男がいた。背も高ければ横幅もある。装備は単純なもので武器も手にしていなかった。

「でもまさか本当に仕官するつもりじゃないわよね？　んで何ヵ月も隙を窺《うかが》う、なんてゴメンなんだけど」

「城下に入ればそれでいい。あとは監視を排除し、我ら二人で騒ぎを起こして辺境伯の周辺を手薄にする」

そうして残る巨漢が辺境伯を暗殺するとの計画だった。

彼らは帝国内で雇われた暗殺者だ。標的はゴルド・ゼンフィス。依頼主は明かされていないが、事を成してのちはとある貴族の庇護が約束されていた。

「いい稼ぎになるからねえ。多少回りくどいのは我慢しろってか」

「そういうことだ」

ローブの男がにやりと笑う。

やがて先ほどの警備兵が上官を連れて現れた。

五日後、彼らは国境を越えることに成功した――。

★

黒い戦士は正義の執行者。なので俺はお婆さんを背負って空を翔《か》ける。片手にとても大きな荷物を持って。

「ふへぇ、この歳になって空を飛べるとはねぇ」

スピードを出し過ぎないよう注意する。

「あんた、噂《うわさ》の『黒い戦士』さんだろう？　天国の爺《じい》さんにいい土産話ができたよお」

なぜこうなったのか？　話は単純明快だ。

ちょっとした調査のため監視用結界を飛ばしていたら、たまたま大荷物を背負ってふらふら歩くお婆さんを発見した。たまたまそれをシャルロッテも見ていて、『たいへんそうです』とまんまるおメメをウルウルさせたのでね。

ま、事のついでだ。

お婆さんを孫娘夫婦宅に送り届け、またも空を翔けた。お礼にもらった芋をたくさん抱えながら。

さて、俺が向かっているのは北の国境から城下の街へ通じる街道だ。

そこをちょっと気になる三人組が歩いている。

なぜ気になるかというと……俺はぽわぽわぽわわわんと唐突に回想するのだった――。


父さんの執務室は半ばシャルロッテの遊び場になっている。

俺はその日、妹に引っ張られて古代魔法の本を読み聞かせていた。ちょうどそこへ兵士さんが何やら報告を持ってやってきた。

父さんは報告を聞いて眉をひそめる。

「……ふぅむ、仕官希望の冒険者か」

「うち二人は有名ですね。あまりよい噂は聞きませんが腕は確かです」

「噂とはどういったものだ？」

「魔族狩りを主にこなしていますが、最近は反乱の鎮圧など傭兵《ようへい》まがいの仕事もしています。非戦闘員を容赦なく殺害するなど非道が目に余る連中ですよ」

「それが国境を越えて仕官だと？　明らかに別の目的がありそうだな」

「はい。ただあからさますぎるのが逆に不気味ですね。我らが疑いの目を向けるのは連中も想定済みではないでしょうか」

父さんは腕組みをする。

「となれば無名のもう一人が何かしら鍵を握っているように思うな」

「ゴルド様を越える巨軀《きょく》の持ち主ですね。関所に滞在中、ひと言もしゃべらなかったそうです」

「……『ミージャの水晶』で測定はしたのか？」

「現在魔法レベルは18。部隊長クラスの実力はありますが、他の二人に比べると低いですね」

兵士さんは饒舌《じょうぜつ》に語る。

「そのレベルでは特殊な魔法を警戒する必要はないでしょう。ただの巨漢が高レベルの魔法使いに勝てるとも思えません」

他の二人は魔法レベルが25ほどあるが、父さんを中心にした数名の部隊でも対処は可能と我が事のように胸を張る。

けれど父さんは俺をちらりと見て、何かつぶやいた。聴力全開（結界の補助あり）で聞き耳を立てる。

「儂の命を狙っている可能性は十分にある。だが単に情報を得たいのかもしれん。だとすれば狙いは――」

父さんは怒りも露わに、それでいて最後の最後はものすごく小さな声で吐き出す。

聞き逃さなかった。聞き捨てならなかった。

のでこの瞬間――。

「油断は禁物だ。奴らを城下に入れるのは危険だな。その手前で足止めして、もう一度目的を訊き出そう。儂も行く」

兵士さんの顔がこわばる。

俺の膝の上にいたシャルロッテがどこかそわそわしているようなので、その頭をそっと撫でた。

「大丈夫だ。俺に任せておけ」

「はい、あにうえさま」

シャルロッテは顔だけ振り向いてにぱっと笑った。

俺も笑みで返しながら、父さんが小声で吐いた言葉を思い出す。

――シャルロッテなのか。

理由は知らない。知らなくてもべつにいい。

ただ俺の妹にわずかでも関わることならば、俺の『出撃』は決定事項なのだ――。

回想終わり。

ちょっと寄り道したけど帰ったら蒸かしたお芋でパーティーだ。

で、見つけました怪しい三人組。兵士さんが二人、彼らの監視で付いている。

俺は上空から機会を窺った。やがて五人は街道脇の小川で小休止する。

監視の兵士さんたちからすこし離れ、火を焚《た》く三人組。って、あれ？　なんだこれ？

俺は自作『ミージャの水晶』を眼球に張り付けて連中の魔法レベル他、実力を完全に把握したのだけど……ちょっと意味がわからなかった。

とりま聞き耳を立てる。女と細身の男が声を押し殺して話し始めた。

「向こうからのこのこやってくるとはマヌケなオヤジだよねえ。魔王討伐の英雄の一人っていっても、脳まで筋肉でできてんじゃん？」

「我らを警戒してのことだ。油断はするな」

「へいへい。つっても、何人来ようが辺境伯さえ殺せばいいんだし楽勝っしょ」

はすっぱな女がケタケタ笑っている。

はいアウトー。父さんの暗殺を目論む悪者に決定でーす。シャルロッテは関係ないっぽいけど、世話になりっぱなしの父さんを狙うとはいい度胸だ。

しかしこうも簡単に目的が知れていいのでしょうか？　いいんです。マヌケはお前らのほうだったな、と俺は上空三百メートルでほくそ笑む。

でも女と細い男はけっこう魔法レベルが高いし、巨漢のほうはわけわからんし、奇襲するにしても監視の兵士さんたちが巻き添えになっちゃうかもしれない。

俺はちょっとだけ考えてから、彼らの前に降り立った。

「っ⁉　アンタ誰よ！」

俺が突然現れるとみんな似たこと言うな。女は誰何《すいか》しながら刺突剣を抜いた。二本あるうちの一本だけだ。

その背後にすっと移動するローブの男。何事か口ずさんでいる。内容からして自己強化と他者強化。女の武器と装備も硬化していた。

これほど完璧な臨戦態勢に入った相手と正面から対峙《たいじ》するのは初めてだ。ちょっとヤバい？　なにせ俺、魔法レベル２だからなあ。

「俺は怪しい者ではないです。ゴルド・ゼンフィス辺境伯に言われて、みなさんを迎えに来ました」

とりま嘘《うそ》を並べてごまかしておこう。

「監視役は俺が引き継ぎますので、そっちのお二人は戻っちゃってください」

兵士さんたちにちょっと顔を向けたその瞬間。

キィインッ。

女が刺突剣の切っ先を俺に突き刺してきた。もちろん事前に防御結界を張っておいたのでそれに阻まれたが、いきなり何すんだよ危ないなあ。

「ちっ、妙な格好してるクセにやるじゃん。アンタ、タダモンじゃないね」

女は跳ねるように後退し、ほとんど足を動かしていないのにあっちこっちへゆらゆら移動する。狙いが定まらん。

拘束用の結界を使って捕まえたいのだけど、あれって動いてる相手だと難しいんだよなあ。まだ生かして訊きたいことあるし、うーむ……。

などと悩んでいるうちに、どうやら細い男が詠唱を終えてしまったらしい。

「動くな。魔法の発動も許さない」

三つの円形魔法陣が虚空に浮かぶ。なんらかの攻撃魔法だろう。

と、兵士さんの一人が慌てた様子で一歩踏み出した。

「待ってくれ。その人はおそらく『黒い戦士』だ。道中で話したろう?」

さらに一歩、彼が前に進むや、

「動くなと言ったはずだが?」

魔法陣のひとつが輝き、稲妻が走った。バリバリと空気を破り、轟音《ごうおん》とともに爆散する。

生身の人間が食らったらひとたまりもない。

「ゴルド・ゼンフィスがこちらへ向かっているなら監視役などもう必要ない。黒い戦士ともどもこの場で始末して――ぇ？」

細男が変な声を出してぽかんとする。

それもそのはず。

「ぁ、あれ……？」

狙われた兵士さんは尻もちをついて目をぱちくりしていたのだ。無傷です。

「兵士さんたちは逃げてください。ここは俺がやっとくんで」

「あ、ありがとう。しかしこの状況はいったい……」

「こいつらは辺境伯の命を狙っています」

「すまない。私たちは二人とも目つきを険しくする。どこか悔しそうにもなった。

「すまない。私たちでは足手まといにしかならないようだ」

腰をおろしていた兵士さんが立ち上がると、もう一人と一緒に街道へと走った。

「逃がさないよ」

女が腰に差したもう一本の剣を抜く。と同時に細い剣は矢のように、いや自動追尾機能でも付いているかのようにぐいーんと二人の首を一度に貫こうと軌道を変えた。

キィン。

「またかよ！」

ええ、またですよ。味方が狙われてるのを俺が見逃すとでも？

一方、細身の男はわなわな震えている。

「バカな……。さっきも今も詠唱はなかった。無詠唱で雷撃を防ぐほどの防御壁を、即時展開したというのか……？」

俺をキッとにらむ。

「貴様、何者だ！」

もうそれいいよ。

「こうなったら三人がかりでやる。二人は左右に展開して挟み撃ちにしろ。油断するなよ？　そいつはおそらくレベル30オーバーの――ぁ？」

お前こそ油断しすぎだろ、と内心でツッコむ。

細男の疑問符を貼り付けたような顔だけが、宙を舞って地面に落ちた。

「きゃははっ、何やってんのよマヌケが」

ちょっと女、それはひどくない？　仲間じゃないの？　しかもこいつ、すたこらと逃げていったではないか。

「んなバケモン、相手にしてられるかってーの。んじゃ、後はよろしくー」

「ぶべっ！」

でも俺が作った透明結界に正面衝突。アホである。

「くそっ、アンタなにボケッとしてんのよ！　突っ立ってないでそいつどうにかしろっつーの！」

喚き散らしているけど、なんで口元がにやけてるんだろうね？

微動だにしない巨漢。

「ねえ、ちょっと。なに立ち尽くしてんの？　早くやんなよ。マジびびらせてやれって」

ぴくりとも動かない巨漢。いやぷるぷる震えていた。

さすがに妙だと思ったのか、女は俺に目を向けて、

「アンタ、あいつに何やったのよ？」

「ん？　見えない結界で拘束してる」

「――は？」

なんか驚いてらっしゃる。もしかしてあの巨漢って奥の手だったのか？　いやいやいや、それはない。だってあの巨漢――。

「中に小柄な男が二人、入ってるだけだよね？」

腹から飛び出しても奇襲にはならんだろ。あ、でもびっくりはするかな？

「なんで、それを……？」

「CTスキャンって知ってる？」

知るわけないよな。

外側が自作『ミージャの水晶』で測定できなかったから、不審に思って監視用結界で輪切りにし

て中を確認してみたのだ。

外側の人形っぽいのが何かは知らないが、内臓も人を模して精巧に作られていた。腹の脂肪部分が小柄な男にすり替わった感じだ。どうやって動かしてたんだろう？

とりあえず気持ち悪いので早めに外側を拘束結界で覆い、外に出られないようにしておいた。タイミング的にはローブの男が『動くな』って言った辺り。

本当は中身をそれぞれ拘束結界でとっ捕まえたかったのだけど、俺の結界は直接視界に収めた範囲でしか発動できないものが多い。

洞窟の穴を壁に見せかけるような簡単なやつは、監視用結界越しでもできるけどね。

「ちょ、あれ？　なによこれ？　動けない⁉」

呆然《ぼうぜん》としている隙に女のほうも確保した。

「質問があるんだけど」

「……わかった。言う。言うから、殺さないでよ？」

「正直に話したらな。目的はなに？」

「……ゴルド・ゼンフィスの暗殺」

「なんで辺境伯を狙ったの？」

「雇われたのよ。帝国の冒険者ギルド経由でね」

「依頼人は誰？」

「知らないよ。ギルドに訊けば？　つっても偽名を使ってたら追っかけるのは面倒だねえ。諦めたら？　きゃはは」

何が可笑しいのかケタケタと女は笑う。

俺は踵《きびす》を返して巨漢の近くへ。

腹を裂く。男が二人落ちてきた。すかさず拘束用結界で動けなくする。

「依頼人が誰か言え。ちなみにあの女は白状したぞ？　答え合わせだ」

女が怪訝《けげん》な表情をする。俺の声が聞こえていない、、、、いからね。あっちは大きな透明結界に閉じこめて、音が通らないようにしてるのだ。

観念したようで、小柄な男は二人して答える。

「王国の、貴族だ。ギルドからは前金をもらったが」

「仕事が終わったらそいつから残りの金を受け取るよう指示があった」

「その後の王国内での庇護《ひご》も約束してもらっている」

一人が貴族の名を告げる。知らん奴だ。ま、父さんなら知ってるだろう。

嘘を言ってる感じはしない。でもいちおう裏は取っておくか。

俺は女を囲った透明結界を解除する。

「お前、嘘ついたな」

貴族の名前を俺が言うと、さあっと顔を青くした。

「アンタらなに考えてんのよ？　バカ正直に話すやつがあるか！」

「いや、正直に話せって言ったよ？　お前がバカなんだよ」

俺は虚空に無数の小結界を浮かべる。よく見えるようにカラフルな色を付けて。

「なによ、それ？　ゃ、ちょ、マジで待って。待って待ってごめんなさい！　もう嘘つかないから許し――」

小結界を撃ち放つ。蜂の巣を通り越し、女は肉片のひとつも残らなかった。こいつは信用できんのでね。

とはいえ裏は取れた。首謀者は王国の貴族様らしいな。父さんに恨みでもあるのだろうか？　小柄な男たちに訊いても無駄だろう。しょせんは雇われ暗殺者。理由を教えるとは思えない。

「ところで、お前たちのそれってなんなの？」

腹が裂かれた巨漢を指差す。

「お、俺たちは人形遣いだ」

何それ？　と尋ねると、二人はまたも交互に話す。

「元は自律行動が可能な人そっくりの人形――ホムンクルスの技術を利用している」

「今は失われた技術で、精神《なかみ》のない肉の塊だがな」

「俺たちは人形の中に潜って操作していた」

「操作用に極細の糸を張り巡らせている」

「それに魔法を絡めて動かす」

へえ、そんなのがあるんだ。俺の分身作りの参考になるかな？　……ならないな。俺が欲しいのは自分で考えて行動できる自律型の分身なのだ。

でも『元は』ってことは、過去にそういった技術があったなら希望はあるか。さておき。

「てか、なんで人形の中に潜ろうと？　飛び出して相手がびっくりした隙に襲うため？」

あんまり意味があるとは思わないんだけどなあ。

「それもあるが、一番の理由は存在を消すことだ」

こんなバカでかい体を消す？

「どういうこと？」

「当初の計画では、城下の街に入ったところで監視役を排除し、人形から俺たちも外に出る」

「人形のほうは死体と偽装してな」

「そうして『存在しないはずの二人』が隠密行動を取る」

仮に人形遣いだと知られても、中にいたのは一人だとふつうは思うだろう。

なかなか賢いな。ぜんぶ無駄に終わったけど。

「そんで女と細身の男が辺境伯と戦ってるときに後ろからお前らが襲いかかるって作戦か」

なかなかに卑怯だ。参考にさせていただこう。俺はぼっちだから無理か。哀しみ。

「まあ、それもできるが」

「今回は別の手段を取る予定だった」

「二人が騒ぎを起こしている間」

「俺たちは無防備になった城に潜入して」

俺が首をひねると、二人はどこか冷たい笑みを浮かべて声を合わせた。

「『息子か娘、どちらかを攫《さら》って人質に――』」

スパスパッと。

二人の首が飛んだ。

ああ、しまったな。つい殺しちゃった。

父さんを殺そうとした連中だ。それくらいの卑怯はやってのけるだろう。さっきまではわりと冷静だったんだけど、『娘』と『人質』の言葉に脊髄反射してしまったよ。

けっきょく――。


俺は黒い戦士のまま父さんに会い、事情を説明した。

依頼主の貴族は父さんも知っていたのだが、

「凋落《ちょうらく》しかけた者だ。儂との接点もほとんどない。大金を払い、帝国を経由するなどの手間をかけてまで実行には移さぬだろうよ。首謀者は別にいると考えるべきだな」

皆殺しにしてごめんなさいと謝り、その貴族から首謀者を訊き出してきますと提案したものの。

「いずれからも辿《たど》れぬよ」

首謀者が貴族へ話を通していたとは考えにくい。事を成して初めて事情を説明するつもりだったろう、と父さんは分析した。

「だが心当たりはある」

誰ですかと尋ねても、

「強大な相手だ。貴公でも手を焼こう。それに事情も入り組んでいてな。今は受け身であろうと静観するしかない」

消極的だな、と思う。でもだったら俺が注意すればいい話でもある。

自室に戻り、変身を解いた。

「あにうえさま、おかえりなさい！」

満面の笑みで迎えた妹に、

「ただいま。今日はお芋パーティーだ」

いただいた芋をひとつ手渡した――。

☆

ゴルド・ゼンフィスが暗殺されたとの報がいつまで経ってもやってこない。

ギーゼロッテは自室で歯嚙《はが》みした。

冒険者が前金を持って逃げたか、もしくは——。

(ゴルドは襲われたけれど撃退し、狙われた事実を隠蔽したのかしら？)

だとすれば、下手に探りを入れれば自身の関与が疑われかねない。

失敗したのがほぼ間違いない以上、もはや同じ手は使えなかった。さほど期待していなかったとはいえ、こうも失敗が続くと積み重なった鬱憤の吐き出しどころが欲しくなる。

「どこかにドラゴンでもいないかしら？　久しぶりに暴れたくなったわ」

むろん立場が許さないのはわかっている。それでも衝動が抑えきれなかった。

ギーゼロッテは暖炉へ近寄った。

暖炉の上にはひと振りの、鞘《さや》と剝き出しの剣をクロスさせて飾ってある。

『光刃の聖剣』——魔王を滅した〝至高の七聖武具〟のひとつだ。

刀身は一般的な片手剣よりやや細めながら強度や切れ味は王国随一。握り《グリップ》と鍔《ガード》には細かな宝飾が施されており、内在する魔力が薄い輝きをにじませていた。

ギーゼロッテが剣を手に取ると、ドアが控えめに叩《たた》かれる。

応答すると専属執事が一礼して入ってきた。

何か報告を持ってきたらしい。

封書を彼女に渡すと、恭しく礼をして執事は退室した。

ギーゼロッテは剣を暖炉の上に戻し、ソファーに腰かけて封を開いた。

「あら、あの娘の調査報告ね」

ゴルド・ゼンフィスがひた隠しにする彼の娘の素質。貴族では珍しくない行動だが、引き取った孤児の魔法レベルや属性を公開しておきながらでは何かあると勘繰ってしまう。

読み進めるうち、ギーゼロッテの表情が固くなる。もう一度読み返し、立ち上がって叫んだ。

「なんてこと！」

信じられない。信じたくなかった。

彼女はいまだ王国最強を誇る。剣技や魔法の技術、なにより他を圧倒する実力と素質があった。

魔法レベルは【44】／【46】。しかし報告書に記載されているゴルドの娘シャルロッテの最大魔法レベルは、

――【61】

閃光姫《せんこうき》をも圧倒する素質の持ち主だったのだ――。

フレイはときどき城を抜け出す。メイド仕事の他に彼女が独断で行っている仕事があるのだ。

曰《いわ》く『ハルト様が平穏にお過ごしになる環境作り』らしいが、やっていることはズバリ、魔物の保護である。

どこからか迷ってきた魔物たちは人里を襲っては人に駆逐されたり、魔物同士の縄張り争いで命を落としたりする。

それを防ぐために生きるためのルールを教えたり、ケンカを仲裁したりして回っているのだ。

今日も彼女はメイド服を着たまま森を疾走していた。

「グオォォッ！」

「ブッフゥッ！」

巨大熊が両手を広げて立ち上がって威嚇する先には、巨大猪《いのしし》が鼻息荒く牙をギラつかせていた。

互いの背後には子どもらしきが隠れていて、親同士はまったく譲らず一触即発の気配。

そこへ颯爽《さっそう》と現れたフレイは、

「落ち着かんかぁ！」

バチコーン、ドゴーン。

巨大熊に平手打ちを、巨大猪には回し蹴りを食らわせた。保護？

「まったくもって不敬な奴らめ。ハルト様がお住まいのすぐ近くでケンカとはいい度胸だ」

ギラリンと爪を伸ばす。熊さんと猪さん、超ブルってる。

城にいながらどうしてケンカを知ったかと言えば、各地に連絡係の鳥さんを餌付けしているから
なのだがそれはさておき。

「争いの原因はなんだ？　ほう、こやつが縄張りに入りこんで自然薯《じねんじょ》を食い散らかした、と」

先住は熊さんらしく猪を追っ払いたいと訴えた（ように見えるがさすがに言葉はわからん）。

「ふぅむ、たしかにこの辺りはもうぎゅうぎゅうだ。しかし子連れでここまでやって来たうえまた
遠方に移動は辛かろう。おい、お前が譲ってやれ」

「グオゥ⁉」

そりゃあ熊さんも納得いかんわな。

「まあ聞け。実はこんなこともあろうかと貴様らにはよい餌場を見繕っておいた」

餌場と聞いて親熊も子熊も瞳が輝く。

「その前にそっちのお前、この辺りのルールを教えてやる。違反すれば私が直々に罰しに来るから
覚悟しておけ」

こんこんと生活ルールを説明する。まあ町内会のゴミ出しルールっぽいもんだからそれほど厳し
くも無茶でもなかった。

そもそも自然界は弱肉強食。捕食者が被捕食者の事情を汲《く》み取れなどとは言わない。しかし乱獲すれば結果的に自身が窮し、また他の魔物の縄張りへ向かわざるを得なくなる。

獣の争いならば看過できても、特に大型の魔物同士の争いは環境への影響が大きすぎる。自然が破壊されるほど暴れられては生活範囲が狭められてしまうのだ。

だからフレイはこうして魔物間トラブルに対処していた。


巨大猪さんたちと別れ、フレイは熊の親子を引き連れ森を進んだ。

森の切れ目に現れたのは谷川だ。

渓流が涼やかな音を奏で、木々が風を受けさわさわとささやく。川では丸々太った魚が跳ねた。

これほど豊かな餌場に他の魔物がいないのには理由《わけ》がある。

「この谷川を越えて森を抜ければ人の村がある」

「グォ？」

「連中にはここへ近づくなと言いつけた。お前たちもこの川を越えることは許さん」

人の漁場を取り上げるのかと俺も思ったが、フレイの説明によればここはたんに趣味的な川釣りスポットらしい。

そこでフレイが誠意をこめてここに近づかないよう村の人を説得したとのこと。魔族のハーフということになっているが、そこは領主の威光をちらつかせる強かさを発揮した。誠意とは？

巨大熊さんが嬉々《きき》として川に飛びこむ。子熊も遅れて水遊び。

親熊が大きな魚をゲットすると、子どもが川辺で貪り食う。

「うむ、うむ……」

フレイは親子の触れ合いを眺めてだばだば涙を流していた。

だがやはり、熊さんにしてみれば不安だろう。

「グゥオォ……」

人がここへ近づけば、我が子を守るため戦わねばならぬ。とかそんなことを言っているのだと思う。

フレイはにぃっと歪《いびつ》に笑うと、

「注意はした。約束も取り付けた。それでもなお人がここへ近づいたならば構わん、そいつらを餌にしろ」

これにはさすがの熊さんもちょっと引いていた――。

第四章　俺、キレる

冬を越したある日の早朝。

「ふはははっ！　ついに、ついに完成したぞ！」

俺は自室で叫んだ。いちおう防御兼侵入者探知用結界を部屋に張ってあり、防音もばっちりである。みんなの迷惑にはならない。

王国の北に位置するこの城近辺は、春先の今は朝も寒い。が、結界のおかげで部屋はぽかぽか。快適。

で、何が完成したかと言うと。

目の前には、黒髪の男の子がいる。俺が促すと、そいつは自己紹介した。

「俺はハルト・ゼンフィス。十歳になりました」

そう。俺だ。正確には俺が結界で作った俺そっくりのコピー。

苦節十年、いろいろあった。特にここ一年ほどは激動だったと思う。『黒い戦士』とか呼ばれる正義の味方になっちゃったりね。

さて今までも姿かたちを寸分違わず作れていたが、今回のはまるで別物と誇ってよいものだ。

「調子はどうだ？」と俺が尋ねると、

「大丈夫だ、問題ない」と俺のそっくりさんが返す。

すごい。すばらしい！　我ながら完璧だ。

こいつは自動で受け答えでき、ちょっとしたことなら独自に判断して行動もできる。要するにAI搭載型の結界なのだ。『へいハルト』とか『オッケーハルト』とかもいらない。

ホムンクルスとかいう技術を俺なりに調べてみたところ、今は失われた技術で城の書庫には文献がほとんどなかった。わずかな情報を頼りに結界をいじくり回してあれこれやってたらできた。仕組みはわからん。わからなくても無問題。細かいことは気にしないに限るのだ。

もっとも俺の思考をトレースしたものだから、自ら積極的に話しかけたりはしないけどね。ボロが出るよりはいいか。

ふふふ。もっと、もっとだ。俺の完璧な作品を検証するぞ！

「今日の天気はどうだ？」

「見ればわかるだろ？　晴れだよ」

「……お腹減ってないか？」

「そういう機能、つけてないだろ？　ま、食べろと言われたら食べるふりはできるけどな」

こいつムカつくな！　ていうか俺か。俺って性格悪すぎじゃない？

おっと落ち着けハルト。まだ試運転の段階じゃないか。

それに、この名付けて『コピーアンドロイド』の運用は自律させることだけではない。

足元に置いてある暗視ゴーグルみたいなのを装着した。

名付けて『俺ＶＲゴーグル』。

これはコピーアンドロイドとつなげてあり、俺が装着すると自在に制御できるようになるのだ。

リアルバーチャルリアリティィーッ！　ものすごい矛盾。

視界がコピーアンドロイドのものになる。

念じるとコピーが歩き出した。部屋の隅にある机に向かい、置かれたペンを見る。右手を前に。

視界にコピーの右手が映った。慎重に手を動かしてペンをつかむ。感触が俺にも伝わった。

「やった！　成功だ！」

俺が叫ぶとコピーも叫ぶ。

こうして何かあったときは、俺自身がコピーを動かして難局を乗り切る。

うん。すごいね。俺ってすごい。誰も褒めてくれないので自分で自分を褒めてあげた。

小躍りしてくるくる回る、コピー。

視界にＶＲゴーグルをつけた俺がいて、その背後のベッドにはかけ布団をかぶった小さな女の子がこっちを見ていた。

「ホワァイ⁉」

思わずイングリッシュが飛び出たのも無理はない。

この部屋には防御兼侵入者探知用結界が張ってあるのだ。シャルちゃんいつの間に⁉

我が妹は寝惚《ねぼ》け眼をこしこし擦り、くりくりのおメメをカッと見開いて俺と、俺のコピーを交互に見やった。そして叫ぶ。

「あにうえさま！　あにうえさまがおふたりも、いらっしゃいます！」

さらに問う。

「どちらがわたくしのものですか⁉　むしろおふたりとも？」

うん、どっちもお前のじゃあないよ、シャルロッテ。

でもよく考えたらこいつには以前に一度、コピーを見られている。そのときは寝たふりするだけの機能しかなかったからあっさり見破られたけど。

あ、思い出した。

こいつは寝惚けて俺の部屋に侵入するクセがある。それが不定期かつ頻繁だったので、警報が鳴って叩《たた》き起こされるのを嫌がった俺は、こいつだけ探知から外したんだった。

この部屋、あったかいからね。寝心地いいし仕方ないね。

ひとまず制御用ゴーグルを外し、コピーも停止した。『操り人形の糸が切れたような』という比喩そのままに、コピーはその場に崩れ落ちる。

「たいへんです！　あにうえさまがおひとり、おなくなりに！」

「落ち着け。これは俺じゃない。俺そっくりの人形だ」

「いぜんみたのとは、ちょっとちがいます。こちらもあにうえさまの、まほうですか？」

「あー、まあ、そうだな」

「すごいです！　ほんものそっくりです。どのようなまほうなのですか？」

「えーっと……今は秘密だ。極秘の研究だからな」

なるほど、と素直にうなずくシャルちゃんことシャルロッテ。

「でもなぜ、そのようなものを？　わたくしにいただけるのですか？」

どうしても自分の物にしたいらしいな。

しかし、と俺は回答に窮した。

コピーアンドロイドを作った理由。

それは俺がこの城を出て、一人で暮らそうと思っているからだ。もともと乳児期が過ぎたら城を出ようと考えていたが、なんだかずるずる今まで厄介になってきた。

とはいえ今も家出しようとは微塵《みじん》にも思っていない。居心地がよいので。

ただ理想の引きこもり生活には支障が出始めたのだ。

父さんはやたら剣の稽古をさせようとするし、母さんはお勉強を教えに部屋へ突撃してくる。シャルもなんだかんだで遊んでほしいらしい。

今はまだ結界魔法のあれこれを研究している段階。

この世界では補助系かつ超基本魔法とされ用途は限られてるけど、実のところ底の見えない恐ろしい魔法なのだ。現代日本とつなげてアニメまで視聴できるようになった。

俺の理想の引きこもり生活のため、結界魔法は調べ尽くしたい。

そんなわけで、俺は森の奥深くに居を構え、そこで研究中は俺の代わりにコピーアンドロイドを城に残そうという計画だった。

黙っていると、シャルはハッとした様子で言った。

「あくのそしきが、うごきだしたのですね？」

今なんて？

「あにうえさまは、せいぎのみかた。しょうたいはかくさなくては、なりません。そのために、ごじしんのぶんしんをつくられたのですね」

シャルは素直ないい子だ。そして賢い。

しかしまだ幼い彼女は、異能バトルモノアニメを真に受けてしまった。正義の味方がいれば、倒すべき明確な悪がどこかにいると信じて疑わない。正義の味方である俺こと『黒い戦士』が悪の組織と戦う間、俺の身代わりにコピーが必要だとの結論に至ったのだろう。

子どもの妄想力は侮れんな。いや、俺が妙な方向に育ててしまったからか……。

「そうだ。でもみんなには内緒だぞ？」

しかし幼子の夢を壊すのは忍びなかった。

「わたくしも、おてつだいしたいです」

「ダメだ。お前はまだ幼い。もうすこし大人になってからな？」

しゅんとする彼女に心が痛む。ところがこの子、実はむちゃくちゃ素質があるのだ。最大魔法レベルは【61】。あの『閃光姫《せんこうき》』をも超える。

「そう落胆するなよ。奴らはそんなに甘くない。お前が今やるべきは、〝そのとき〟が来るまで力をつけることだ」

芝居がかった声音で、マントもないのに翻したようなポーズをする。

シャルは悔しそうにうつむいた。

「はやく、おとなになりたいです……」

意味深な発言だな。

しかし『悪の組織』ですか。この一年は帝国がちょっかいを出してきたり暗殺者が父さんを狙ったり大変だったけど、以降は何もない穏やかなものだ。

あってもケンカの仲裁とか大荷物の運搬とか何でも屋的なものばかり。

残念ながらシャルよ、お前の妄想は妄想に終わると宣言しておこう――。

☆

この一年、閃光姫ギーゼロッテ・オルテアスの人気に陰りはみえない。

対する国王ジルク・オルテアスは影が薄くなる一方だ。

国民の期待は王妃が一身に受け、国王はいつ自主的に退位するかが酒の肴《さかな》になる始末。

八方ふさがりの王が縋《すが》るのは、ただひとつの光明。

ラインハルト王子が森に捨てられて、十年――。


「陛下、お呼びでしょうか？」

王の私室に金髪碧眼《へきがん》の美しい少女が訪れた。

十二歳の彼女は年相応のあどけなさでありながら、どこか大人びた妖艶さを醸している。

「おお、マリアンヌ。よくぞまいった。こちらへ、さあ、もっと近くへまいれ」

「失礼いたします」

一礼した彼女は洗練された緩やかな動きで歩み出す。

「そう畏まるな。ここは余の私室。そして余とそなたの仲ではないか」

目尻をだらしなく下げたジルクはこの十年でずいぶんと老けこんだ。

少女――マリアンヌは彼の手が届く位置に立つと微笑んで、耳元の金髪をかき上げた。

その左手の甲には、〝王紋〟が浮かんでいる。彼女は前王妃の娘――ハルトとは母親違いの姉にあたる。

「それでお父様、夜分に私を呼び立ててのお話とは、なんでしょうか？」

王が座る横長のソファーの隣に腰かけ、マリアンヌが尋ねた。

「うむ。次の地方視察のことでな」

「私の初となる公務ですね。ご心配なさらずとも、立派に役目を果たしてまいります」

「それが、だな。ライアスの奴が連れて行けと抜かしおったのだ」

「ライアスが？　しかしあの子はまだ九歳。長い旅で体調を崩したら一大事です。なにせ――」

マリアンヌの次なる言葉に、ジルクは顔を紅潮させて立ち上がった。

――次なる王なのですから。

「あやつを王になどさせるものか！」

怒声にマリアンヌはのけ反る。

「次の王はそなただ、マリアンヌ。けっしてライアスではない」

「私は……女です。王国に女王の前例はありません」

「ならばそなたが男児を生み、それを次の王とする。これは余の決定である」

「どうしてそれほどライアスを嫌うのですか？　少々わがままなところはありますが、素質は私よりもずっと上です」

マリアンヌもさほど低くはない。しかも現在魔法レベルは貴族一般でもひと桁中盤をうろつく十二歳で、15に迫る逸材だった。

しかし閃光姫の血を引く王子ライアスの素質はそれ以上で、めきめきレベルを上げている。

「ともかくだ。あやつの言動には十分に注意しろ。何を企んでおるか知れぬからな」

「しかし――」

「言うな。今回そなたの護衛はみな余の直属。彼らには余からも注意を促しておく。しかしライアスの護衛は王妃ギーゼロッテの息がかかっている。心は、許すな」

ああ、そうか。とマリアンヌは肩を落とす。

（お父様はライアスではなく、お義母様を憎んでいらっしゃるのね……）

マリアンヌは祖母――先王の后である王太后の危惧を思い出した。

世間では『王は王妃の人気に嫉妬し、国を乗っ取られると妄信している』と囁《ささや》かれている、と。

マリアンヌにとって王妃は憧れの対象だ。

救世の英雄『閃光姫』のイメージが強く、血の繋《つな》がりはないものの王妃から冷たくされた記憶はなかった。むしろ剣や魔法の技術をよく教えてくれ、鍛えてくれたのだ。

もし王妃がマリアンヌを殺そうとするなら、とっくの昔に実行しているはず。

王にはもはや頼る者が愛娘以外にはいなかった。ギーゼロッテが国を乗っ取る陰謀を阻止するため、ライアスの対抗馬としてマリアンヌを育て上げるつもりだ。

しかし今回の密談は逆効果と言えよう。

（身内でいがみ合っては内乱を招いてしまう。国のため、国民のため、私がお二人の仲を取り持たなくては）

マリアンヌは王の意に反し、この旅で弟ライアスとも仲良くなろうと決めるのだった――。


翌日の離宮にて。

王の側近である騎士が一人、ギーゼロッテの下《もと》を訪れた。彼は地方視察でマリアンヌの護衛隊長を務める男だ。当然、訪問は秘密裏に行われている。

「そう。相も変わらず陛下は『抜けた』お方ですこと」

大きなソファーに寝衣のままごろりと転がり、ギーゼロッテはくすくすと笑う。

「危機意識があるのはよいけれど、あらぬ方へ向けては意味がないどころか正面からの攻撃にも対応できなくなるわ。これだから戦《いくさ》経験の乏しい男性は……」

「もはや王の耳には我らの言葉も届きません。姫殿下のみに目を向けられ、政《まつりごと》もないがしろにされております」

「でしょうね。だからこうして貴方のような王直属の騎士が、わたくしに傅《かしず》いているのよ」

「むろん、それだけが理由ではありません。王妃様こそ王国を導くにふさわしいお方と確信してのことです。むしろそちらの理由のほうが大きいでしょうか」

騎士は媚《こ》びるように口の端を持ち上げた。

口では王国のためと嘯《うそぶ》くも、彼らには将来の勝ち馬に乗ることのほうが重要だ。

忠節を重んじるはずの騎士が、打算で主を裏切る。魔王が討伐されて十数年、平和な時代が長く続いて国の中枢は堕落しきっていた。

「もとより王位継承権は王子が筆頭。マリアンヌ姫殿下が今後最大魔法レベルまで成長されましても、それは揺るぎません。次代の王国は貴女のものです、王妃様」

「そうでしょうとも。今さらあんな小娘一人、殺したところで益はないわ。それよりも――」

ギーゼロッテはゆるりと起き上がり、ワイングラスを手に取った。赤い液体をひと口飲みこむ。

鋭く変じた目つきは戦場でのそれ。閃光姫が殺意を露わにする。

「邪魔なのは王家の血を引き、わたくしよりも素質をもって生まれたシャルロッテ・ゼンフィスだわ。あの忌々しい娘を早急に排除しなくてはね」

騎士は背に怖気を感じてごくりと唾を飲む。

「け、計画に支障はございません。ただ姫殿下の意識がライアス様に強く向くような事態が想定され、であれば多少は注意が必要かと」

「ふぅん。陛下の『怖がり』が予想外の障害になるかもしれないのかしら？　あ、そうだわ」

ギーゼロッテは一転して少女のような笑みを咲かせた。

「マリアンヌに、罪をなすりつけるのはどうかしら？」

計画では歳の近いライアスがシャルロッテを誘い、彼女を事故死に見せかける予定だった。ライアスにも危険は及ぶが、そこは慎重に彼だけ守るよう厳命してある。

ライアスを気にかけているならマリアンヌも付いてくるだろう。ならばそれを利用し、シャルロッテの事故死を彼女のせいにしてしまえばいい。

うまくいけば国王派でもっとも力のあるゼンフィス卿《きょう》と王を仲違いさせられる。

王は拠り所を無くし、すべてを諦めてくれるだろう。

出立にはまだ時間がある。早速ブレインたちを集めて計画を詳細に練り直さなくては。

ほくそ笑むギーゼロッテに、騎士が恐る恐る尋ねた。

「ところでゼンフィス卿にはもう一人、男児のお子様がいらっしゃいます。彼はどうなさるおつもりですか?」

「ああ、そういえばいたわね。けれど最大魔法レベルが2のクズという話よ? 養子でもあるし、捨て置いて問題ないわ。ついでに死ぬのは別に構わないけれどね」

魔法レベル2。

ギーゼロッテにとって黒歴史を思い起こさせる数値だ。自然、眉間にしわが寄る。

(でもあんな極端なクズが同じ時代に二人も現れるなんて、逆に珍しいわよね……?)

かつて森に捨てた王子と同じ。それを知るゼンフィス卿だからこそ、平民の孤児をわざわざ養子にしたのは理解できる。顔に似合わず情に絆《ほだ》されやすい男だ。

(ま、クズのことなんて考えても気分が悪くなるだけね)

けっきょく考えるのをやめた彼女は知らない。

彼こそかつて捨てた我が息子であり、自身最大の障害となることを――。

★

俺は自室で胡坐《あぐら》をかいて床に座る。周囲には板状結界を展開し、それらには様々な風景が映し出されていた。

「おっ、ここはよさげだな。湖畔ってなんか落ち着く感じ」

何をしているのか？　俺が引きこもるのに最適な住居を構える場所を探しているのだ。

やっぱり水場の側がいいよね。静かで落ち着いた雰囲気も重要。付近の魔物は……フレイがなんとかしてくれるだろう。たぶん。

集中して吟味したいところではあるのだが。

「しっぽ！　きょうこそは、もふもふさせてほしいです！」

「いい加減にしろ小娘！　私はハルト様の従者であって、お前ごときに従う理由はない」

「もふもふ！」

「だから！　この身はハルト様にすべて捧《ささ》げ――っておい、いきなり飛びかかるな。ふん、お前ごときに捕まるものか」

「むむ、てや！」

「はっ！　何度やっても無駄だ。挑戦する姿勢は評価に値するが、そのうち壁に激突——ああ！　言った側から……。おいシャルロッテ、大丈夫か？　痛いか？　ケガは——ってえ⁉」

「つかまえました！」

「くっ、子どもの分際で私を謀るとわひゃあっ⁉　そんなに強く握るなふわっ、あふん……ホントにそれ、ダメあんっ！」

君ら俺の部屋で何じゃれてんのよ？　うるさくて集中できないじゃん。

見れば、赤髪赤尻尾で犬耳のメイドさんがへにゃへにゃと床に倒れ伏した。その尻尾には幼女が抱きつき、思う存分もふもふしている。

シャルめ、まだ六歳のくせにフレイを騙《だま》し討ちにするとはやるじゃないか。

「てか邪魔だから出てってくんない？」

「も、もうひわけ、ありまひぇん……ちかりゃが……」とへろへろなフレイ。

尻尾が弱点とは初めて知った。何かヘマをしたらお仕置きはこれで決まりだな。もふもふを堪能できるし。

「あにうえさまは、なにをしていらっしゃるのですか？」

「魔法研究をするための場所を探してるんだよ」

シャルにはいろいろ知られているので、ある程度は俺の目的やら秘密を話している。さすがに引きこもりたいとは言ってないけど。

現状、俺が元王子だと知っているのは両親とフレイだけ。俺自身にも知らされていない。

魔法レベルが2なのは周知の事実だが属性がないのを知るのは両親と俺だけ。なんでも無属性はイレギュラー中のイレギュラーらしく、【土】を宿しているとされた。そのうちバレそう。

で、俺が結界魔法しか使えないのは俺だけが知っている。

ただね――。

「ひみつきち、ですね？　あくのそしきと、たたかうための」

シャルは妙な妄想で俺を『悪の組織から世界を守るため戦う陰のヒーロー』と思いこんでいるのだ。残念すぎる。でも兄たるもの話は合わせよう。

「そうだ。これも内緒だぞ？」

「てきにばれては、いけないですからね」

幼女のキメ顔はとても可愛く微笑ましいのだが、早く目を覚ましてくれと切に願う。

「わたくしも、はやくあにうえさまのおちからに、なりたいです」

「シャルは俺よりずっと才能があるからな。すぐだよ」

いいえ、とシャルはぶんぶん首を横に振る。その振動でか、フレイがあひゃひゃひゃと震えた。

「あにうえさまのマネは、わたくしにはできません。こだいまほう、すごいです」

俺が使えるのは結界魔法だけ。

でもこの世界の常識とはかけ離れているから、俺は『無属性にしか使えない古代魔法を研究している』と大ボラを吹いていた。フレイもそれで納得してくれている。

てか、そろそろフレイを解放してやらないと。なんか腰が浮き上がってびくんびくんしてる。

「ところでフレイ、何か用事があるんじゃないのか？」

部屋を訪れた直後にシャルに絡まれていたから用件を聞いていない。

離れるようシャルに指示すると、ようやく自由になったフレイが居住まいを正した。お得意の正座だ。さっきまでびくんびくんしてたくせに。

「ゴルドの奴めが、不敬にもハルト様を呼びつけておりまして」

「父さんが？　なんの用だろう？」

まさかまた剣の稽古じゃないだろうな。外に出るの超面倒。

さあ？　と首を傾げるお使いもままならないフレイに代わり、シャルが元気に答えた。

「きょうは、おきゃくさまが、やってくるひです」

「お客様？　……ああっ！」

忘れてた。王都から辺境伯領の視察に誰だかが訪れるから、一緒に出迎えるようにって言われてたんだっけ。いちおう俺、長男だし。シャルはお子様すぎるので。

俺は慌てて正装に着替え、部屋を飛び出した――。

★

今日は王都から視察団が訪れる日である。

すっかり忘れていた俺は急いで準備して、なんとか間に合ったわけだが。

「なんだか埃《ほこり》っぽいなあ。変な臭いもするし、これが田舎ってやつ？」

茶系の髪をした男児が、豪奢《ごうしゃ》な馬車から降り立つなり文句を垂れていた。

服装からして見るからにいいとこのお坊ちゃんだ。顔は整っているが目つきが悪い。言葉も態度も悪い。俺の嫌いなタイプど真ん中。

「ライアス、失礼ですよ。貴方が付いて行きたいと無理を言ったのでしょう？」

今度は金髪のすこぶる美人の女児が出てきた。

歳は俺よりちょっと上っぽいが大人びて見える。パンツルックはいかにもな旅装束だが、こちらも生地やらが高級そうで育ちの良さが窺《うかが》えた。

「ああ、つい本音が出てしまったよ」

なんだこのクソガキ？　俺がしげしげ眺めていると、目が合った。じろりと睨《にら》んでくる。

そこへ巨体が割って入った。

「遠路はるばる、ようこそお越しくださいました。マリアンヌ王女殿下、並びにライアス王子殿下」

父さんだ。貴族の中でも王家の血を引き、いつ戦争が起こっても不思議ではない他国の国境を警備する彼は相当な実力者である。

そんな父さんが畏《かしこ》まる相手となればだいたい想像がつく。てか呼びかけた時点で確定的に明らかだ。

この二人は、俺の実の姉弟だった。

生意気なクソガキ（たぶんライアス）が、じろりと今度は父さんを睨みつけた。

「おい、『並びに』ってなんだよ？　しかも僕のほうを後に言ったな」

「これは失礼しました。今回の視察団の団長は王女殿下であると伝え聞いておりましたので」

「そんなのは関係ない！　僕は王子だぞ？　次期国王だぞ！」

俺はこの手の威張り散らすタイプが超苦手なので、ひたすらぼけーっとしていた、のだが。

「そこのお前！　さっきからその目つきはなんだ？　僕に何か文句があるのか？」

にらんでいると思われたらしい。もしかして因縁つけられてますかあ？

父さんがまたも俺を庇《かば》う。

「我が息子の非礼はお詫《わ》びします。そも私の浅慮が発端でありますので責はすべて私が――」

「へえ、こいつが例の魔法レベル２のクズなんだ」

父さんの発言を遮って俺を嘲笑うライアス。

我が父はこめかみ辺りがぴくぴくしている。ぶちキレ五秒前。

とはいえ父さんは歴戦の強者にして良識人。子どもの言動にいちいちキレたりしない。フレイとは違うのだよフレイとは。てかこの場にいたらあいつ襲いかかってるぞ。命拾いしたな坊主。

「ライアス、いい加減になさい！　いかに王家の者であろうと、いえ王家の者だからこそ、示すべき礼儀が必要です」

向こうにも良心がいた。マリアンヌ王女は俺の母親違いのお姉ちゃんだ。美人だ。きっと母親は顔と魔法力だけが取り柄のクズ母ちゃんではないのだろう。

一方、窘《たしな》められたライアス君はといえば、ちっと舌打ちして、

「あのさあ、姉貴面するのやめてくれないかな？　僕とあんたとじゃ立場が違うんだよ。政治の道具にしかならないあんたとじゃ、立場がね」

「ライアス、貴方という子は……」

怒りと悔しさからか、マリアンヌお姉ちゃんはぷるぷる震えている。

ライアスは楽しそうにその様を眺めてから、なぜだか俺に向き直った。

「礼儀が必要なのはこいつらのほうだろ？」

またもなぜだか俺をずびしっと指差して、

「僕が直々に躾《しつ》けてやるよ。長旅で凝り固まった体を解《ほぐ》すのにちょうどいい。おいお前、僕と勝負しろ」

こいつの思考回路ってどうなってんだろう？　純粋に興味が湧く。

「王子殿下、それはあまりにも……実力が違い過ぎます」

「はっ、もちろん手加減してやるさ。魔法の撃ち合いだと一瞬で終わっちゃうし剣でやろうか。魔法の才能がゼロなんだ。そっちの稽古はしてるだろう？」

この後もマリアンヌお姉ちゃんが宥《なだ》めようとするも、

「いいから得物を持ってこい！」

結局押し切られ、剣の勝負をすることになってしまった――。

中庭に移り、木刀を手にして相対する。距離は二十メートルほど。

木刀といっても真剣の重さに近づけるため芯には鉄が仕込んである。殴られるとめちゃくちゃ痛いのよね、これ。痛がりの俺は一度も殴られたことないけどさ。

「なにブルってんだよ？　安心しろ。僕、剣の稽古は面倒でほとんどしてないからさ」

ライアスはニヤニヤしつつ、何やら口走る。詠唱だ。奴の体が数回ぽわっと光り、木刀も光を帯びた。筋力強化に俊敏上昇、自己軽量化に反応速度上昇、ついでに武装強化か。

俺は結界魔法以外に詳しくないのだけど、眼球に張り付けた解析用の結界でそれが知れた。ちなみにこの結界は一度登録したものを正しく判定できる。奴が発動したのは基本中の基本魔法だ。

ついでにライアスの魔法レベルも判明する。

現在レベルは【9】。俺とは魔力量で二十倍の差がある。最大魔法レベルは【40】か。すごいな。

「いくぞ！」

叫び、ライアスが地面を蹴った。一歩が三メートルにもなる突進。子どものレベルどころかオリンピック選手よりも速く俺に肉薄する。俺の動きを封じる気なのか、体勢を低くして膝辺りを狙い、木刀を横に薙《な》いだ。

当たったら、たぶんすごく痛い。なんもしなければ、きっと骨が折れる。

だから俺は――。

ひらり。ぽこっ。「ぎゃっ⁉」

上に飛んで後頭部を小突いてやる。ライアス君、つぶれた声を出して顔面で地を削っていった。

「な、なな、ななな……？」

ようやく止まったライアスは倒れたまま跳ねるように俺に顔を向け、無様に鼻血を垂らしながら驚いている。

軽くこすった程度だしな。ダメージはそんなにないか。

「だから言ったではありませんか、王子殿下」

父さんがぼそりとつぶやく。

――『実力が違い過ぎます』、と。

☆

（いったい何が起きたというの……？）

マリアンヌは我が目を疑った。

起こった事実は彼女にもはっきりと認識できている。

ライアスが自己と武器を強化し、常人を超えるスピードでハルトを襲った。ハルトはその突進を上に飛んで避け、木刀の先でライアスの後頭部を軽く突いたのだ。

だがこれはあくまで表面上のこと。今の一連の流れには、不可解な点がいくつもあった。

まずもって不可解なのは実力差。

ライアスの現在魔法レベルは9で、ハルトとの魔力量はおよそ二十倍に及ぶ。

魔法の力は魔力量に直結する。魔力量は、魔法の発動時間、威力、持続時間、並行発動など、魔法に関するあらゆることに影響するのだ。

ゆえに魔法レベルで大きく上回るライアスが、不覚を取るなどあり得なかった。

油断はあったろう。侮っていたのは確かだ。

しかしライアスは筋力強化、俊敏上昇、自己軽量化、反応速度上昇。さらには武装強化を、詠唱最適化でほぼ同時に重ね掛けした。

わずか九歳で恐ろしい才能の片鱗《へんりん》を見せつけ、圧倒的な力でねじ伏せるつもりだったのだ。

魔法レベル２のハルトでは防御系魔法で対抗しようとしても発動が間に合わず、反応すらできずに片足を折られていたに違いない。

だが現実は、真逆に進んでいた。

「だから言ったではありませんか、王子殿下。『実力が違い過ぎます』、と」

すぐ隣からのつぶやきを拾う。

「ゴルドおじ様、彼はいったい……」

マリアンヌは動揺のあまり公私の区別を忘れる。

ゴルドもそれに応じた。

「驚くのも無理はない。あやつが何をしているか、儂《わし》にもさっぱりわからぬ」

「は？」

「魔法を使った形跡は見当たらぬのに、魔法で自己強化した以上に体を動かせるのだ」

魔法レベルが極端に低いハルトが将来すこしでも活躍できるようにと剣の稽古をつけているものの、この城で彼とまともに剣を交えられるのはゴルド以外にはいなかった。

「形跡……そ、そうです。彼はいつ魔法を発動したのでしょうか？」

事前に自己強化系魔法をかけていたとしても、魔法レベル２の彼では一分と持たない。そも複数を重ね掛けは不可能だ。

対峙《たいじ》してのち、ライアスより先に？　それはあり得ない。彼は詠唱をしていなかった。無詠唱発動は魔法レベル一桁では行えない。魔法の種類にもよるが、最低でも30は必要だ。

「わからん」

「ええ……」

十年を共に過ごしてきた父親がわからないのに、自分がいくら考えても無駄に思える。

だが魔法でなければ彼の動きは説明できないのも事実。

「彼、飛んで避けましたよね？　そのあと空中で停止しませんでしたか？」

予備動作はまったくなかった。飛翔《ひしょう》魔法？　これまたあり得ない。確実に魔法レベル30以上でしか使えない、Bランクの魔法なのだから。

「あれも魔法ではない、と？」

「どうだろう？」

「ですが何かしらの魔法は行使しているはずです。でなければ……」

マリアンヌは視線をハルトへ移した。

ちょうどライアスが立ち上がり、彼に木刀を振るったところだ。大人顔負けの剣速で何度も何度も剣を振り、そのたびに風を切り裂いた。

「く、くそ！　どうして！　当たらないんだ！」

今にも泣きそうな顔で剣を振り回すライアス。

対するハルトはひらりひらりと、実につまらなさそうに躱《かわ》している。あくびでもしそうなほどやる気が感じられなかった。

「あっ！　ほらおじ様、今の動きも不自然でした。空中で移動方向が変わりましたよ？　というか、さっきからほぼ浮いていますよね？　足を動かしてもいないのに地面を滑るように移動しています！」

「ああ、そう見えなくもないな」

「いえ確実に。おかしい、ですよね？」

「おかしい、よなあ」

「不思議には、思われないのですか？」

「不思議ではある。稽古中に何度か指摘し何をしたのか問うたが、本人もわかっていない風だった。だからあやつは〝そういうもの〟だと思うことにした」

ゴルド・ゼンフィス辺境伯といえば、土属性魔法では国内で右に出る者がいないとされる強者だ。『地鳴りの戦鎚《せんつい》』の異名は伊達《だて》ではない。しかし大雑把なところが玉に瑕《きず》であった。

「見ろ、マリアンヌ。ハルトが足を動かしている。見事な足捌《あしさば》きだ」

「……私たちの会話が聞こえているのでは？」

「そうかな？」

よほどの聴覚でなければ聞こえない距離と声量だ。もうわけがわからない。

（いったい、なんだと言うの……？）

秘密を探りたいが方法は思いつかない。

「くっそぉおおぉぉ！」

ライアスが苦し紛れの大振りを敢行。ものの見事に躱された。勢い余った彼はバランスを崩して盛大にすっころぶ。高級な服も端正な顔も土にまみれ、『無様』以外のなにものでもなかった。

と、ライアスは地面に突っ伏したまま、小さく口を動かした。

詠唱だ。

剣での勝負であるのに、あれは――。

「ライアス、おやめなさい！」

ゴルドも気づいて飛び出そうとした。しかし、間に合わない。

「これでも食らえ、ファイヤーボール！」

突き出したライアスの右手が、すぐ側にいるハルトへ向けられた――。

★

さて、さっきからお姫様と父さんの会話は筒抜けなわけだが。

体を動かすのが面倒臭くてこっそり飛び回っていたが、やっぱり見る人が見るとわかっちゃうのね。父さんはいろいろ諦めてくれてるけど、知らん人たちの前でやるんじゃなかったな。

魔法で強化したライアス以上に俺が動けているのは当然、結界魔法のおかげである。俺の体を覆う結界がパワーアシストスーツみたいに機能しているのだ。

ただこれ、ちょっと大雑把にしか動かせないので宙に浮きたくなるのよね。そのうち細胞単位で強化するようにグレードアップしたいと思う。

べつに俺が変な魔法使ってるのを知られてもいいんだけど、そこから調べられて『こいつ十年前に捨てた王子じゃね？』と疑われては困る。

せいぜい身体能力が高いね、すごいね、くらいの認識に留めておくか。

仕方なく俺は地に足をつけ、一生懸命避けてますよと演技してみた。

「くっそぉおおぉぉ！」

ライアス君、最後の力を振り絞った感じで大上段から木刀を振り下ろす。

避けたらすっころびやがった。

無様。あまりに無様。

気ん持ちいいぃ！　ぷぎゃー！　って実際にはやらんけどね。父さんの立場ってのがあるから。

だいたい俺は『黒い戦士』として活躍中なのだよ。エリート様とはいえオママゴトレベルの君に勝ち目なんて最初からなかったの。残念だったね。いやまあほぼ不意打ちオンリーの俺だけども。

おや？　ライアス君が突っ伏したままぶつぶつ言っている。

ああ、詠唱か。自分で決めたルールなのに、飛び道具で一矢報いようってことね。

「ライアス、おやめなさい！」

この角度だと避けたら城の壁に当たりそう。ふつうに受けて防いでもいいんだけど……。

「これでも食らえ。ファイヤーボール！　………あれ？」

しん、と。中庭が静寂に包まれる。

「な、なんで？　ファイヤーボール！　ファイヤーボールぅうぅ！」

魔法名を連呼するライアスが伸ばした手には、見た目何も変化がなかった。

「ライアス、貴方の魔力はもう尽きたのです」

マリアンヌ姉ちゃんがやってきた。

「ち、違う！　僕はまだ――ひっ⁉」

ライアスが俺の目を見て変な声を出した。

さすがにお前はわかってるよな。自分が、ちゃんと魔法を発動したってことに。

ライアスの右手のすぐ前に平面結界を作っていた。透明なのでみんなには見えない。奴が放った火の玉はそこに吸いこまれて消えたのだ。

ここではないどこか。次元を越えていったいどこへ行ったのかは、俺にもわからん。

「次は、僕だって言いたいのか……？」

怯《おび》え切ったライアスは意味不明なことを口にする。

「マリアンヌ、こいつは――」

「いい加減になさい！　自ら定めたルールを破り、さらに醜態を晒《さら》すというのですか」

「ぐ、ぅぅぅ……」

悔しさに顔を歪《ゆが》め、ライアスは四つん這《ば》いになって打ちひしがれた。

その後ライアスは父さんの案内で、護衛の騎士さんたちに付き添われて客間でお休み、という流れになる。護衛の騎士さんたちに肩を貸されて歩く間、俺と目を合わせようとはしなかった。

とりまこれにて終了。無駄な時間を過ごしたものだ。

俺も部屋に戻るか、と踵《きびす》を返したところで呼び止められる。

「弟が失礼しました。ところで貴方は本当に魔法レベルが……2、なのですか？」

「……そうですよ？」

初めて交わした姉との会話は、たったそれだけだった――。

☆

ライアスに用意された部屋は城の中でも一番上等な貴賓室だった。

天蓋付きのベッドに突っ伏して、枕にこぶしを打ち付ける。

「くそっ、クソくそクソぉ！　なんで？　どうして僕があんな最底辺のゴミクズにぃ！」

信じられない。認められない。現実で、あっていいはずなかった。

（僕は王子だぞ？　閃光姫の血を引く、次期国王なんだぞ！）

魔力総量で二十分の一の相手に、不覚を取るどころか一方的にやられるなんて嘘《うそ》だ。

「違う！　あいつは僕の攻撃を避けるので精一杯だった。だから一方的なんて……」

思いたくもないし、実際に違うのだと信じたかった。

けれど、思い返せばぞわりと背に怖気が走る。

最後、ハルトは何をした？

たしかに発動した魔法が、なんの痕跡もなく消え去ったのだ。魔法を無効化する魔法。そんなの、かつての【大賢者】が追い求めても到達しなかった領域だ。

「なんで僕がこんな目に……」

視察なんて面倒事に参加する気など、さらさらなかった。

自分がはるばる辺境へ来たのは母の命令だ。

国王派の筆頭であるゼンフィス卿の〝粗〟を探し出すこと。彼を失脚させる程なら良し。発言力を弱められる程度でも十分。

ライアスに課せられた任務はそれだった。むろん彼を納得させる方便であるが知る由もない。

面倒だと思った。王子がやる仕事ではない、と子どもながらに不満だった。けれど母に認められる絶好の機会だと自分に言い聞かせ、はるばるやってきたのだ。

もし失敗したら、母は自分をどうするだろうか？

——貴方なら、できるわよね？

凍るような笑みが思い出され、得も言われぬ恐怖が全身を駆け巡る。

ライアスはおぞましい想像を振り払うように頭を左右に振った。

これでも任務達成のため、道中であれこれ考えを巡らせたのだ。

ゼンフィス卿の粗を見つけるより、粗を作ってしまえばいいと考えた。だから不遜な態度を取り息子をコテンパンにのしてやれば、王子に不敬を働くに違いない、と。

子どもの浅知恵ではあるが九歳の彼にはこれが限界。

たとえゼンフィス卿が乗ってこなくても、『わがまま王子』に神経を注がなくてはならなくなるはず。彼がこちらに注意を向けている隙に護衛騎士たちが裏で動いてくれる。彼らもまた、王妃から密命を受けているはずなのだから。

ライアス自身、下手にいい子ぶる演技をしなくていい良い作戦だと、思っていたのに……。

「王子殿下、失礼いたします」

ドアが叩かれ、返事を待たずにずかずかと騎士が数名、入ってきた。

「そろそろ晩餐会《ばんさんかい》のお時間です。ご準備を」

続けて侍女たちが現れてライアスを着替えさせる。

視察団を歓迎するための晩餐会だが正直、ハルトには会いたくなかった。子どもながらに、いや子どもだからこそか、本能が囁くのだ。

――アレは、化け物だと。

着替え中にも退室していなかった騎士の一人が告げる。

「明日の農地視察に、ゼンフィス卿のご息女シャルロッテ様をお誘いください」

「はあ？　なんだよいきなり」

「道中、話し相手は必要でしょう。であれば年齢の近いシャルロッテ様はふさわしいかと。〝彼〟ではお話が弾まないでしょうから」

嘲りを含んだ言い方にギリと奥歯を噛《か》むも。

「……母上の、指示なのか？」

「王子殿下を慮《おもんぱか》ってのこと、とお受け取りください」

主語をあえて隠したので察した。

（でも母上は何を考えてるんだ……？　相手は六歳のガキンチョだろ？　辺境伯の弱みにつながる情報なんて得られるのかよ）

しかし母の思惑にまでは思い至らなかった――。


ライアスが晩餐会へ向かっても、騎士たちは彼の部屋で密談していた。

王子に宛てがわれた貴賓室は何重にも防護結界が張ってあり、音が漏れることはない。それを利用した。

「まったく王子は余計なことをしてくれたものだ。しかも勝負を吹っ掛けておいて無様に返り討ちとはな。王宮に戻ったら王妃様にこっぴどく叱られるだろうよ」

一番年長の騎士が言うと失笑が起こった。

「しかし、王子が一方的にやられたのは不可解ですね」

「王子の年齢では魔法の行使にもムラがある。あの少年は魔法の才能がないゆえに剣技を鍛えられていたのだろう。ならばそう不思議でもないさ」

年長の騎士は一笑に付し、

「ともあれ計画に支障はない。本番は明日だ。この森の地点で王子と王女、そして目標が乗った馬車を襲撃する」

テーブルに広げた地図を指差す。

「マリアンヌ王女の護衛隊長が数名の部下とともにお三方を連れて逃げ、この地点へ誘導する手筈《てはず》だ」

「そこで巨大召喚獣に襲わせるのですね」と若い騎士。

「そうだ。彼らが上手く立ち回り、目標を召喚獣に始末させる。王女に罪をなすりつけられればよいが、最優先事項は目標の確実な抹殺だ。我らは馬車付近でゼンフィス卿の足止めをする」

「辺境伯が全力を出せないよう我らが邪魔をする、ということですね。了解しました」

すでに目標地点には別働部隊が展開中だ。襲わせるのは魔物に見せかけた召喚獣で足が付くことはない。

王子か王女、どちらかでも負傷すればゼンフィス卿が安全確認を怠ったと糾弾もできる。

ゼンフィス卿は王妃の息がかかったライアス王子の護衛隊を警戒している。しかし国王直轄の王女護衛隊に裏切り者がいるとは考えていないはずだ。

計画は、ライアス王子がシャルロッテを誘い出した時点で成功したも同然だった。

「とはいえ抜かるなよ？　失敗すれば光の矢に貫かれると心しておけ」

閃光姫は容赦がない。これほど大きな作戦での失敗は許されなかった。

騎士たちはごくりと生唾を飲みこんで部屋を後にした。

その、一部始終を――。


「ふん、浅ましい連中め」

メイドが見ていた！

フレイは廊下を掃除中、ハルトから預かった監視用結界でライアスの部屋を覗《のぞ》いていたのだ。彼らの陰謀を、余すところなく。

しかし、これはハルトが特に何かを察したからではない。必然、指示も出していない。

彼女にはふだんから城の監視を命じていた。

何かしらの仕事を与えなければ、フレイは余計なことをしでかす。ハルトが十年付き合って導き出した結論だった。

「しかし、いったいなんの話をしていたのだ？」

話はすべて聞いていたが、実際のところ彼女には彼らの意図がつかめていない。

目標とはなんだろう？　誰かを抹殺するためのようだが、どうして召喚獣を呼び出すなんて面倒なマネを？

「まあ、ハルト様ならすべてお見通しだな、うん」

監視用結界は映像を記録もできる。ハルトが見逃すはずがない、とフレイは確信した。

「これはきっと些末《さまつ》なこと。私が報告せずとも、あのお方はすでに把握しておいでだな。うん、ハルト様だものな」

大事なことなので繰り返そう。

フレイに監視用結界を預けているのは、彼女が余計なことをしでかさないためである。彼女から有益な情報がもたらされるとは、ハルトはまったくこれっぽっちも期待していなかった。

以前は『ネズミの隠れ家を発見』だの『料理長が不倫しているとの噂《うわさ》をキャッチ』だの無駄な報告ばかり。ハルトはそれを嫌い『細かいことはいちいち報告しなくていい』と言いつけていた。

この城は、平和なのだ。

結果、フレイは監視だけしてまったく報告しなくなった。

「なんだかよくわからんがハルト様の恐ろしさを知るがいい！　ふっ、ははは、ふはははは っ！」

尻尾とともに箒《ほうき》をふりふり。フレイの高笑いが廊下に響いた。

一方の、ハルトはと言えば――。

★

「ふがっ⁉　…………………今、何時だ？」

すっかり熟睡していたな。外はもう真っ暗だ。あー、よく寝た。

ライアスと一騎打ちしてやたら気疲れしたからなあ。戦闘自体はぬるくても、知らん人たちの注目を浴びたのが堪えた。

もう晩餐会は終わるころかな？　俺はパスしたから腹の虫が騒ぎ出す。

ベッドから離れ、しばらくだらだら過ごしていると。

「あにうえさま！　おしょくじです！」

バーンとドアが開かれ、幼女が飛びこんできた。びっくりしたなあ、もう。

その後ろからもう一人。俺だ。正確には俺のコピーアンドロイド。

「起きたのか。いいご身分だな。俺を晩餐会に行かせておいて部屋でぐうたらとは恐れ入る。お前も俺ならわかるよな？　俺が、どれだけ辛かったか！」

目がマジだ怖い。まあ、わかるよ。知らん人たちに囲まれての食事でしょ？　俺なら耐えられない。だからコピーに行ってもらったわけだし。

「はぁ、もうね、やんなるよな。お前が嫌なこと全部俺に押しつけてさ。俺ってお前のなんなの？　都合のいい男？　まあ、そう作られたんだろうけどさ」

俺のコピーは床にごろりと転がった。ふて寝か。すっかりやさぐれてしまったな。

ひとまずコピーの頭に手を触れた。その姿が縮んでいき、美少女フィギュアになる。ビキニアーマーでぼいんぼいんなやつだ。普段はこうして俺に愛でられている。ちょっと複雑な気分。

シャルが持ってきた晩餐会の余り物をかっ食らう。ふだんより豪華だ。さすが王子に王女様。いつもの客とは質が違う。

食事している間、シャルは晩餐会での出来事をしゃべくりまくっている。

「――というわけで、おうじにさそわれて、あしたはわたくしもごいっしょなのです」

「なんでお前まで？」

ロリコンかよ、と思ったが相手もまだ九歳だ。

でもなあ、コピーアンドロイドから得た情報（元に戻すとき記憶が流れこんでくる）によれば、べつにシャルを意識している風ではない。むしろ俺（のコピー）をちらちら睨んでいた。

本当に話し相手がほしいのか？　だとすれば俺を指名するのは嫌だからシャルにしたのかも。うーん、わからん。

「わたくし、とてもたのしみです」

にこぉっと天使みたいな笑顔が眩《まぶ》しい。まだ幼いシャルは、城から外へ出ることがほとんどないのだ。前に襲われたこともあったしね。

ともあれシャルも同行するとなれば――。

明日の視察は城から東へ、ちょっとした森を突っ切ったところにある農業地帯だ。

城に近いから野盗の類はまずいないし、フレイのおかげで魔物に襲われる危険もほぼない。

でも妹が外出するのに、お兄ちゃんなら万全を期すべきだよな。

監視用結界を飛ばし、明日の視察ルートを調査する。迷いゴブリンとかいたらフレイを差し向けるつもりだ。

「……ん？　なんだ、こいつら？」

農地へ向かう森の中。街道からすこし奥へ入ったところでローブ姿の奇妙な集団を見つけた。フードを目深に被って容貌は知れない。円になって何やらつぶやいて、その内側には魔法陣が光を放っていた。

「しょうかんの、まほうじんですね」

シャルは瞳をキラキラ輝かせて続けた。

「あくのそしきが、なにやらたくらんでいるのでは？」

そうと決まったわけではない。むしろ父さんが道中の安全確保のため何かしていると考えるのが自然だ。

だが六歳にして中二病を発症している彼女に常識的回答は禁忌《タブー》。夢を壊してはならない。

「どうやら俺の出番のようだな」

「しゅつげきですか⁉」

すっごい嬉《うれ》しそう。

「お前はここにいろ。真相は、俺が明らかにする」

全身黒スーツに黒ヘルメット。大人サイズの体格に外見上成り変わる俺。妹用の、陰なる正義のヒーローモード『黒い戦士』である。シャルよ、早く目を覚ましてくれ。

「今日こそ連中の正体を暴いてやる！」

「あにうえさま、ごぶうんを！」

こうして俺は、闇夜を切り裂いて現場へと急行した――。

★

街道近くの森の中。雲間に覗く月の下。ちょっと開けた場所で召喚魔法陣を取り囲み、呪文を口ずさむローブをまとった方々。

めちゃくちゃ怪しい！

父さんが安全確保のために何か命じたのかと考えたけど、フードの下を確認したところ城では見たことない人たちだった。なにせ禍々《まがまが》しすぎる。

草葉の陰から様子を窺っていた俺は、思いきって声をかけることにした。

「すみません。何をしてるんですか？」

突如現れた全身黒ずくめの不審者に、当然のごとくビクッとする皆さん。声で正体がバレないように電子音声っぽくしてるしね。

「な、何者だ⁉」

この反応にも慣れたもの。

「あ、俺は通りすがりの者で怪しくないです。あとでゴルド・ゼンフィス辺境伯に確認してもらえれば――」

俺の活躍は父さんのみならず領内の兵士さん、領民の皆さんにお馴染《なじ》みだ。協力プレイもお手のもの。みんな友好的、なのだけど――。

「貴様、辺境伯の手の者か！」

こいつらは黒い戦士《おれ》を知らないらしい。しかも――。

バンッ、とすぐ横で音がした。

見れば、ローブ姿の一人が俺に片手を向けている。魔法を、撃ったのか。

「な、なんだ？　今どうやって私の魔法を防いだ？」

いちおう防御用の結界が俺を覆っている。突然魔物に襲われたりしたら怖いからね。

「何をしている！　早く始末しろ。絶対に逃がすな！」

リーダーらしき男が叫んだ。みんな同じ格好してるから区別がつかん。

でも、そうか。有無を言わさず『始末』ですか。

魔法陣を囲んでいた奴らが一斉に俺へ手を向けた。さっきまでとは違う呪文を口ずさむ。

「ぎゃ！」「ぐわ！」「ごっ⁉」「ぐげっ」などなど。

魔法を放つ前に吹っ飛ばされる皆さん。遅いよ。先に透明ブロック結界をぶつけちゃったよ。見えない攻撃ってホント有効。俺がわざわざ姿を現しているからなおさらだ。

「き、貴様がやったのか⁉　くそ、こうなったら……」

リーダーらしきローブおじさんが地面に手を付けた。何事かつぶやくと魔法陣がぴかーっと輝きを増す。

「いでよ、ナイト・スケルトン！」

魔法陣がさらに光る。

そして光の中からガチャンガチャンとたくさんの、極端に色白で痩せている方々が現れた。訂正
――骨だ。

骨だから白いし、肉がないからひょろひょろですよね。骨格標本みたいなのが鎧《よろい》を着て剣やら盾やら槍《やり》やら弓を持っていた。

その数、五十を超える。

「奴を殺せ！　あの黒い妙な男だ！」

ローブおじさんが叫ぶと、側にいた骸骨兵がカチカチ歯を鳴らし、剣を振り上げて、
ズバッ。「うぎゃーっ！」

おじさんを斬ってしまったぞ？

「な、何をしている⁉　私ではない！　あいつだ、あいつを殺せ！」

しかし骸骨君は歯をカチカチ鳴らしておじさんに斬りかかった。もはやコントである。

おじさんは目の前に小さな魔法陣を作って防ぐ。別の誰かが寄ってきて、彼の傷に回復魔法をかけた。

とたん、色めき立つ骨骨軍団。ローブ姿の男たちにみんなして襲いかかった。

「や、やめんか！　く……、なぜだ？　どうして命令に従わない？　召喚に、失敗したのか？」

あー、うん。たぶん俺のせいだ。

魔法陣が光ったとき、俺はとっさに結界魔法を発動した。杭《くい》みたいな結界をいくつか打ちこんだのだ。ちょっと邪魔をしようとしただけなんだけどバグったかな？

乱戦の様相を呈してくる。

しかし骸骨兵たち、強いな。小チームを組み、弓と槍で牽制《けんせい》しつつ剣士が側面を襲う。相手の攻撃魔法を盾持ちが防ぐ。

小チーム同士の連携も見事で、ぶっちゃけ一方的な展開だ。

この状況で俺は何をすべきだろうか？

考えていると、弓を持った骸骨兵と目が合った。いや、あちらさんに目はないんだけど。

身構えるも、骸骨君はカチカチ歯を鳴らして遠くで魔法を撃とうとした男に矢を放った。

俺を襲ってこないね。ぼけーっと突っ立ってるから敵認定されてないのかな？　もしくは命令を逆に遂行する的な不具合とか？

「ダメです隊長。我らではあの数のナイト・スケルトンに対抗できません」

事実、半数が倒れて全滅は時間の問題だ。

でもそれは困る。ローブたちが何者で、目的は何か、話を聞かなくてはならない。

「できれば殺さないでほしいんだけど……」

ぴたり。骨骨軍団の動きが止まった。

カチカチカチカチッ！

一斉に歯が鳴る。やかましいったらない。

そしてまたローブたちに襲いかかったのだけど……殺して、ないな。

剣で斬りつけるのではなく叩いていた。槍もひっくり返して刃のないほうで突きまくる。弓は明確に足を狙っていた。

これってもしかして……。

「勝ち鬨《どき》だ、歯を鳴らせ！」

カチカチカチカチカチカチカチカチッ！

やらせといて申し訳ないが、めっちゃやかましいな！

てかやっぱりだ。間違いない。骨骨軍団は俺の命令に従う模様。

でも俺、ローブたちを襲えとは命じてないよ？　俺を殺せと言われて怒ったのかな？　で、そのおじさんを治療したり同じ格好だったりとの理由で奴らを敵認定したのか。

理屈は通る。

でもなんで俺の命令に従うんだ？　召喚用の魔法陣に俺の結界を打ちこんだからか。

うん、理屈がまったくわからん。

「おのれぇ！」

「た、隊長!?　どちらへ行かれるのですか！」

隊長と呼ばれたおじさん（最初に斬られた人）が、すたこらと逃げ出した。ものすごいスピードで森の中へ消える。

彼に続けとばかりに残りも逃げ出したのだが、

「ぶげっ!?」

「なんだ？　透明な壁が！」

「こ、こっちもダメだ！」

悪いけど、君たちは逃がさないよ。上にも地面にも透明結界を配置して閉じこめた。

「んじゃ、その人たちは捕まえておいてね」

カチカチとよいお返事で、骨骨軍団はいっそう張りきってローブ男たちを追いかけ始めた――。


俺はその場を離れて街道に出てきた。

眼前には半透明の画面が浮いていて、付近の地図を映している。地図上には赤いマークがぴこぴこ動いていた。

「街道を走るんじゃなくて、街道を越えて森の奥へ向かってるのか」

真っ先に逃げた隊長には追跡用の結界をこっそり張り付けていた。

魔法陣のあったあの場所には、食事をした形跡も寝るためのテントもなかった。つまり連中の拠点は別にある、と考えたわけだ。

ので、隊長はわざと逃がして案内してもらおうと目論んだ俺。

赤いマークが停止した。

森の中にある、これまた開けた場所っぽい。地図を消し、新たな結界を作る。おじさんに張り付けた追跡用結界とを〝結〟んだ、矢印型の結界だ。

矢印がぶるぶる震えてピシッと俺の右手方向を指し示した。この先に逃げたおじさんがいる。

で、急行してみれば――。

――ウオォォオォン。

やたらと大きな石人がいらっしゃいました。

「ふははは っ。こいつはギガント・ゴーレム。堅牢《けんろう》な守りと圧倒的なこぶしの破壊力はそこらの魔物の比ではない。さあ、あいつを殺せ!」

解説ありがとう。逃げ出した隊長さんだ。

でも周りの部下たちはちょっと引きぎみ。「今呼び出していいんですか?」とか言ってた。

「うおっ!」

でっかいこぶしが俺を目掛けて打ち下ろされる。今度はまともに召喚できたみたいだな。

ひらりと避ける。地面が爆発したようになって巨大な穴が穿《うが》たれた。すごいパワーだ。

「よし、今度は成功だ。そらそら、やってしまえ!」

隊長さん、ノリノリである。

自信満々なだけあってゴーレムは強い。しかも脚が短く手が長いアンバランスな体格なのに俊敏だ。俺が軽快なフットワークで躱《かわ》すものの、体勢を崩すことなく正確に俺を捕捉していた。

ゴッ。

方々からローブ男たちの魔法も飛んできて、このままでは直撃を免れない。

試しにゴーレムがこぶしを振り下ろした地面に透明防御結界を敷いた。割れない。地面は無事だ。てことは受け止められるな。

ゴッ。

受け止めた。ついでに同じ結界をゴーレムの左右と後ろ、上にも作って挟んだ。

ギギギッ、と動きが止まる。それでも俺の結界を押し返そうと必死な様子。

ちょっと可哀そうになってきたな。

あいつは望んでこの場所に来て戦っているのではない。命令されて仕方なく、だ。いじめっ子がパシリを使ってパンを買いに行かせ、お金も払わず腹パンをお見舞いする光景が目に浮かんだ。

パシリ君は俺だ。

ああ、なんか気分が悪いな。

心が凍えた。

やるだけやってみるか、と俺は杭状の透明結界を作り、光を湛《たた》える巨大魔法陣に撃ち落した。

――ウオォォオォォオオン！

どこか哀しい叫びが轟《とどろ》く。

「もういいよ。すこし休んでな」

ゴーレムを挟んでいた結界を消した。もしゴーレムが俺をまだ襲うなら、そのときは仕方がない。俺も覚悟を決めよう。

でもゴーレムは俺の言いつけどおりによっこらしょと胡坐をかいてめっちゃくつろいでるね⁉

「な、なにをしている？　早く奴をつぶさないか！」

あ、それNGワードじゃないかな？

案の定、ゴーレム君がぎろり（目は宝石みたいにきれい）と隊長さんをにらんだ。立ち上がり、両手を組んで振り下ろした。

「どわっ！」

慌てて飛び退く隊長さん。これまでで一番大きな穴が地面にできた。

「ちょっと大人しくしといてくれない？　お前が暴れると森の自然環境が大変になるので」

俺が言うとぴたりと動きを止めるゴーレム君。いい子だな。てかなんで命令権が奪えたんだろう？　今は『そう願った』けど、さっきは意図してなかったし、不思議。

とにもかくにも最大の脅威が味方になったので、おかげさまで捕縛がはかどりました。

んじゃ、さっそく尋問を始めるとしようか――。

☆

（何が、起こったのだ……）
召喚士部隊を指揮する隊長――ケイリー・ゾフは黒一色の人物を凝視している。

「お、いたいた。なるほど、小川の側を拠点にしてたのか。水場は必要だもんな」

黒い男は眼前に浮いた板状の何かを見ながら楽しげに言う。

見れば見るほど異様な出で立ちだ。

つるつるして光沢のあるヘルムは視界確保の隙間が見当たらない。片目だけ妖しく赤い光を帯びている。首から下はなめし革のような素材のぴっちりした衣服だった。

彼の後ろには、本来なら自分たちが使役するはずの巨大な石人――ギガント・ゴーレムが大人しく控えている。

また、だ。

ナイト・スケルトンの軍勢のみならず、ギガント・ゴーレムまで奪われた。特に後者は途中まで、こちらの命令に従っていたのに。

「こっちの異常には気づいてないし、拠点の奴らは後回しでいいかな。そんじゃ――」

詠唱もなく、見えない何かで次々に仲間を沈黙させた。逃げようにも透明な壁に阻まれて蹂躙《じゅうりん》されるがままだった。拠点の位置が知られたのは、乱戦の最中に朦朧《もうろう》とした部下の一人が口を滑らせたのだ。いや、そんなことよりも。

「尋問を始めるか」

ゆっくりと近づいてくる男に、ゾフは震える声を投げかけた。

「今、何が起こっているんだ……？」

ゾフの首から上だけが、大岩の上に置かれている。

「私たちはどうして、生きている……？」

眼下には、地面に転がる人の頭、頭、頭……。ある者は恐怖に引きつり、ある者は目が虚ろ、ある者は現実を受け止められずに薄ら笑いを浮かべていた。

みな、生きている。首から上だけ、残された状態で。

「ああ、それですか？　前に引ったくり相手に思わず首を刎《は》ねちゃって、血を止めるついでに離れたまま切断面をつなげてみたら、死ななかったんですよね」

男は奇妙な声音で、慇懃《いんぎん》とも軽薄ともとれる言葉を連ねる。しかし何を言っているのかまったく理解できなかった。

「あのときは焦りましたよ。さすがに殺すほどじゃなかったですからね。それにあいつら徒党を組んでまして、アジトを訊《き》かなきゃいけなかったんですよ。でもケガの功名って言うんですか？　摩《ま》訶《か》不思議な自分の状態に、こっちが訊いてもないことをゲロってくれました。だから――」

男はやたらと饒舌《じょうぜつ》にまくし立て、

「尋問するには、これがいいのかなって」

ぞわりと、ゾフの背に怖気が走った。

体の感覚はある。しかし首から下を何かですっぽり覆われているようで、力は入るが動かせなかった。

息もできる。声も出せる。ドクンドクンと、忙しない鼓動も感じられる。

頭と体が、分かたれているのに……。

「あ、すみません。さっきから俺、馴れ馴れしいですかね？　知らない人と話すのが苦手で、相手が黙ってると間を持たせるために一方的にしゃべっちゃうんですよね。えっと……貴方のはどれだっけな？」

男が足元を物色し始めた。そこにはゾフたちの体が横たわっている。

「あ、これかな？　ローブの胸のところに紋章みたいな刺繍《ししゅう》が入ってますね。隊長っぽい」

たしかに、あれは自分の体だ。

「よっ、と」

「ひぃ⁉」

「大丈夫ですよ。持ち上げただけですから」

そんなのは見ればわかる。だが体に触れられた感覚が、数メートル離れたここで感じたのだ。

これから、どれほどの苦痛が与えられるのか。ゾフはただただ恐怖した。

「じゃあさっそく、貴方の名前を教えてください」

「……」

「所属は言えますか？　俺が知ってるかは別にして」

「……」

「どうして召喚魔法を？　目的はなんですか？」

「……」

言いたくないのは事実だが、嘘をつこうにも恐怖のあまり口がうまく動いてくれなかった。

このまま黙っていれば、当然の結果として自分は死ぬ。

男の気分次第で、いつでも、確実に。

正直に話したところで命を助けてくれる保証はどこにもない。そもそも、これだけ見事に任務を失敗したとあっては閃光姫が許してはくれないだろう。

話しても、話さなくても、死はもはや決定事項だ。

ならば――。

「……私は、何も話さない」

せめて死に際だけは、無様でありたくなかった。

「ふ、ははは……、我が忠義を見せてやろう。たとえどれほどの苦痛を受けようと、何も答えるつもりはない！」

「えっ、さっきは部下を置いて逃げたくせに？」

「言い訳はしない。だが異常をこちらの部隊に伝える必要があった。負傷し、隊長である私が率先してあの場を離脱すれば部下たちも後に続いて――」

どさり。「ぎゃわぁ⁉」

「あ、すみません。落っことしちゃった。わざとじゃないです。ホントですよ？　でも今のって言い訳ですよね？　カッコよくないと思います、そういうの」

ゾフは涙と鼻水と涎《よだれ》で、顔中を濡《ぬ》らしていた。

（無理、無理無理無理無理無理無理だぁ……。拷問なんて、耐えられない……）

今の痛みはそれほどでもなかった。しかし痛みは確実に伝わってくると思い知らされた。

（私は、どうすれば……）

仮にこの場をやり過ごせても、閃光姫の責め苦はこの黒い男以上かもしれない。

もう、いっそ殺してくれ。

（待てよ？　気が触れた演技をすれば……）

拷問する相手は他にもいる。正気でない者に自白を強要させはしないだろう。自分が話さなければ王妃の叱責も免れるかもしれない。

タイミングを見計らっていると、男はゾフの体を拾い上げようとして、止まった。

しばらく何かを考える素振りを見せたあと、ゾフたちのほうへ近寄ってくる。

ゾフではなく、地面に置かれた部下の一人に手を伸ばし、髪をつかんで持ち上げた。

「ひっ、なんだよ⁉　やめて、助けてください！」

「ごめんなさい、持つとこ他にないんで。でも頭だけの重さならそんなに痛くはないでしょ？」

男は再びいくつもの体が横たわるところへ戻る。

「いやこれ、ホントわかんないな……。あ、そうか。〝つながり〟を意識すれば……あった、これだな」

「いやだ、やめて……。たす、けて……」

男は空いた腕で体をひとつ持ち上げる。軽々と担いで歩き出し、木々の中に隠れてしまった。

悲鳴はない。

重苦しい静寂が、どれほど続いただろうか。

やがて二人が姿を現した。

部下は体の上に頭がのっている。それこそ正常な状態なのに、ゾフの目には異様に映った。

部下は安堵《あんど》しつつも困惑したような複雑な表情だ。だがしっかりと自分の足で歩いていた。男に促され、ゴーレムが薙ぎ倒した木に腰かける。何事か話しているがゾフには聞き取れなかった。

「次は……貴方かな」

男は別の部下の頭をつかんだ。

「まさか……」

ゾフは男の意図を読む。

一人一人連れ出して、元の姿に戻す代わりに洗いざらい白状させるつもりなのか。そうして嘘を言っていないか、それぞれの証言を突き合わせて確認するのだ。

三人目が連れていかれ、頭と体がつながった状態で現れる。三人は並んで木に腰かけ、互いに言葉を交わさないどころか目も合わせずうつむいていた。

（後ろめたいのか？　おい、こっちを向けよ。裏切り者どもが！）

ふつふつと怒りが湧くと同時に、してやったりとほくそ笑む。拷問の恐怖に耐えていた自分が愚かに思えるが、部下が洗いざらい話したのなら心おきなく――。

「……私の名は、ケイリー・ゾフ。王妃様直轄の、召喚士部隊の隊長だ」

「た、隊長？」「何を……」

地面に並んだ部下たちが困惑する中、ゾフは淡々と続ける。

「明日、農地視察へ向かう一行を召喚獣に襲わせるためここで準備していた。王妃様の命令だ」

「どうして王妃が自分の子どもたちを襲うんですか？」

「目的はシャルロッテ・ゼンフィスの抹殺だ」

わずかな沈黙。

「なんで王妃が、シャル……ロッテちゃんを狙うんだよ？」

初めて男が感情を露わにしたと感じた。ゾフは恐怖よりも高揚が先に立ち、饒舌になる。

「彼女の素質は閃光姫をも超える。辺境伯の後ろ盾があれば、いずれ国が二つに分かれると危惧してのことだ。領内に魔物の侵攻を許した咎《とが》でゼンフィス卿の発言力を低下させる狙いもあった」

けっきょく彼は襲撃計画の全容を余すところなく語った。

遠く、三人の部下が非難するような眼差しを寄越している。

（ふん、お前たちが先に語ったくせに、なんて目をしているのだ）

と――。

「今の話、本当なの？」

「……は？」

この男は何を言っている？

「いやだって、さすがに酷くない？　あわよくば王女に罪をなすりつけて、場合によっては王子が負傷してもいい、とかさ。あの女ならやりかねないけど、どうなの？」

「どうも何も……あちらの三人も同じ話を――ッ⁉」

ゾフはぶわっと冷や汗を噴き出す。まさか……まさか！

「あっちの三人は何も言ってないよ？」

「……なん、だと？」

「あの人たちには『大人しくしてたら元に戻すよ』って言っただけ。バラバラなことを話されたら、どれがホントでどれがウソかわかんないしね。それに『責任者しか知らないこと』もあるだろうしさ」

男はあっけらかんと言い放つ。

「でもその反応からして本当っぽいね。あーあ、そんな絶望したような顔しちゃダメでしょ。『本当のことを言ってしまった』って、これまた白状してるようなもんだよ」

「は――、ぅ、ぁ……」

声がうまく出せない。呼吸のやり方すら忘れ、心臓が激しく跳ね踊った。

「いちおう拠点にいる奴らや、骨骨軍団が捕まえた連中にも訊いてみるけどさ」

さて、と男は軽い口調から一転、冷淡な声音に変わる。

「お前らって、上からの命令だから仕方なく従ってたのか？」

質問に一人が叫ぶ。

「そ、そうです！」

続けて方々から、堰《せき》を切ったように声が上がった。

「王妃の命令には逆らえません！」

「本当は嫌だったんだ！」

「だから助けてください！」

背後の三人もそれぞれ命乞いをする。

ゾフの怒りが爆発した。

「貴様らよくもぬけぬけと！　貴様らも私と変わらない。楽な生活のため、王妃に媚を売っている浅ましい連中だろうが！　ここにいる全員がそうだ！」

「うるさい！」

「アンタにはもう従わない」

「せいぜい一人で殺されろ」

嘲りの表情が物語る。彼らは解放されたのち、ゾフ一人に罪を被せて王妃に報告するつもりだ。

口裏を合わせ、全員が。

「あーもー、うるさいなあ」

ぴたりと、怒声が止まった。

「てかさ、嫌ならなんで、お前らはここにいるんだ？」

「そ、それは……王妃には逆らえないから……」

「ふうん、王妃ってそんなに怖いんだ。でもさ、罪のない子どもを殺そうとするなんて、やっぱりよくないと思う。うん、お前らは生かして辺境伯に引き渡すつもりだったけど――」

男が、ゆっくりと片手を持ち上げる。

「気が変わった。俺の可愛い、可愛い妹の命を狙ったんだ、許してやらない」

男が自らの正体につながる言葉を告げた瞬間、ゾフたちは自らの運命を悟った。

「運が悪かったな。いや、お前らは仕える主を間違えた」

パチン、と。男が指を鳴らす。


――じゃあな。

最後の言葉は誰一人の耳に届くことなく。

元の姿に戻ったはずの三人も含め、黒い男以外全員の意識が、ぷっつりと途切れた──。

★

がらごろと馬車が行く。豪奢な王家用の箱馬車の中で俺は揺られていた。

「ライアスさま、らくたんすることはありません。あにうえさまに、かてるはずないのですから」

俺の隣では、シャルロッテが絶賛俺を持ち上げ中だ。

「いっきうちをいどんだゆうきを、ほこるべきです」

幼女の正面では、頭を掻《か》きむしりながらギリギリ歯ぎしりしている男児がいた。

本人は王子をディスってる自覚はないのだろうが、俺を持ち上げれば結果として彼の耳には皮肉に聞こえる。幼女恐るべし。

「おいシャル、もうやめて差し上げろ」

「うるさいな！　お前に同情されるほうが僕には屈辱だ！」

ライアス君、幼女にはいっさい反論しなかったのに俺には突っかかってくるのね。

「だいたい、なんでお前まで付いてきてるんだよ。僕が誘ったのはシャルロッテだけだぞ」

「え、今さらじゃない？」

出発してから三十分は経ってますよ？

俺だって来るつもりはなかった。正確には光学迷彩結界で誰にも気づかれないよう、こっそり後をつけるつもりだったのだ。

けど出発直前に父さんから一緒に行ってほしいとお願いされ、渋々承諾した次第。

「よいではありませんか、ライアス。この機会にハルト君からいろいろお話を伺いましょう」

「ふん。こいつから何を聞くってんだよ」

「敗北は恥ではありません。勝者から真摯に敗因を受け止めてこそ成長があるのですよ？」

「僕は負けてない！」

「いえ、まけてました」

「そうですね。明らかな敗北です」

このお姉ちゃんもシャルに負けず劣らず容赦がない。

「ぐ、ぬぬぅ。だいたいお前！　あのとき何をやったんだよ？　魔法なんて使ってなかっただろ」

「私も不思議に思いました。魔法を使った形跡がないのに、あれだけの運動能力を引き出せたのはなぜですか？」

ここまでシャルの一人舞台だったが、会話の標的が俺になってしまう。

「魔法は使ってました。王子と対峙したときに、こう『強くなーれ』って感じの詠唱をしたら自己強化できるんですよね。なんの魔法かは自分でもちょっとわからないです」

「なんだよそれ⁉」

「なんですかそれ⁉」

おかしいな。父さんは『なるほど……』って納得してくれたし、フレイやシャルは『さすがハルト様 or あにうえさま！』って言ってくれたのに。

「詠唱なんてしてなかっただろ？」

「まったく口が動いた様子がありませんでした」

「俺、腹話術が得意なんですよね」

「フクワジュツ？」

「どのような魔法技能でしょうか？」

「こんな感じです」

俺は口を閉じたまま、鼻から息を出すと声が出る結界を作って披露した。

「気持ちわる！」

「ぇぇ……」

家族みんなに大ウケだったんだが。解せぬ。

ライアスが思いつきを口走った感じで言う。

「お前、もしかして〝魔族返り〟じゃないのか？」

「ッ⁉　ライアス、言ってよいことと悪いことがありますよ！」

「でもそう考えないとおかしいだろ。こいつの場合」

「ですが、それは……」

よくわからんことを言う二人。知ってるかとシャルに問うも、ふるふる首を横に振る。可愛い。

「祖先が魔族と、その……交わって、数代後に突如として魔族の特徴が表に出ることが極々稀《まれ》にあるのです。常人を超える運動能力や、高い魔力といった特徴を備えている場合もあります」

一般にはおとぎ話レベルだが、実際に過去そういう事例があったらしい。機密事項とか。

「で、身体的特徴もはっきり現れる。お前、角はないし耳や目も変じゃないけど、体に鱗《うろこ》とか尻尾とか生えてないか？」

「あにうえさまのおからだは、つるつるのすべすべで、そういったものはありません。すてきなもんしょ――はっ！　いまのは、なしです」

危うく王紋の話をするところだったね。

「ともかく、いっしょにおふろにはいっている、わたくしがいうのですからまちがいないです」

俺は背中とか注意して見たことない。でもシャルが言うなら大丈夫っぽいな。まあ、生活に支障ないならどっちでもいいけど。

ん？　二人ともどうしたの？　顔を真っ赤にして。

「いいいい妹と一緒に風呂だと⁉」

「どどどどういうことですか⁉」

わお。びっくりした。

「お、男と女でなんて、ありえん！」

「そんな破廉恥なことを、どうして……」

いや、俺が誘ったわけじゃないよ？

でもなんか言い訳したほうがいいのかなあと考えていると。

「いけない、ですか……？」

我が妹が、この世の終わりみたいな表情をしていた。

「あにうえさまと、おふろをごいっしょしては、ダメ、ですか……？」

「え、いや、ダメっていうか、ふつうは誰もしないっていうか……」

「そもそも男女がお互いに肌を晒すというのはとても特別な意味合いがあって、ですね。そのなんと言いますか子孫繁栄のための崇高な営みが――」

お姉ちゃんはちょっと落ち着こう？

こんな感じで賑《にぎ》やかに時間は過ぎていき――。

「あにうえさま、すごいです。はたけに、くさがたくさん。すごいです！」

我が妹の語彙力。興奮しすぎて『すごい』を連呼している。

春の終わり。小高い丘の上から見下ろす景色は一面の麦っぽい何かの畑。黄金色に輝くそれが視界を塗りつぶしていた。

日本人の俺感覚では今の季節は田植え時期だから不思議な感じだ。

シャルはあっちに行ってはぴょんぴょん跳ね、こっちへ来てはじっと畑を眺めている。

ひとまずここで休憩し、丘を下って農家の皆さんにご挨拶するのがこれからの予定だ。

護衛の兵士さんたちは二手に分かれ、警戒に当たる部隊と食事をする部隊とでそれぞれ行動に移った。

「ちょっといいかな?」

俺は父さんに近寄って声をかけた。

「ハルトか。今日はすまんな。無理を言って連れ出してしまって」

「いや、それはいいんだけどさ。ちょっと訊きたいことがあるんだ」

「なんだ?」

俺はどう尋ねるかすこし考えてから、まとまらないのでストレートに質問した。

「もし、仮にだよ? 王妃がシャルの命を狙う、なんてことがあったら、どうする?」

父さんは目を丸くして固まった。

「あ、ゴメン。変なこと訊いて」

「……いや、そうか。お前もなんとなく危機感を抱いていたのだな。どうりで滅多に外に出ないどころか部屋からも出てこないお前が、やたら素直に同行を承諾したわけだ」

父さんは何やら納得顔で言った。俺は渋々だったけどね。

「儂は、今がまさにそのときではないかと危惧している。急遽《きゅうきょ》ライアス王子が視察団に参加した。あの女狐《めぎつね》の子飼い連中を引き連れてな」

父さんも気づいていたのか。さすが。ところで今、女狐って言った？

「そして昨日、晩餐会の席で王子がシャルロッテを農地視察に誘った。この機に何か仕掛けてくると考え、お前を連れ出したのだ。黙っていてすまなかったな」

「ん？　俺を？　なんで？」

父さんは、はしゃぎ回るシャルを眺める。

「守りに優れていると評価されているとはいえ、儂が同時に守りきれるのは両手で抱えられるだけ……二人が限界だ。そして立場上の優先順位からすれば、王子と王女に限られる」

つまりわかっていても愛娘を放棄する選択しかない、ということか。

「だからお前に託そうとした」

「えっ、俺まだ十歳のガキだけど？」

「相変わらず自覚の足りぬ奴だな。すくなくともお前の身体能力ならば、シャルロッテ一人を抱えて城まで逃げおおせるとの判断だ」

あの召喚士たち、けっこう弱かったけどな。召喚魔法に特化してたんだろう。

でも召喚獣に襲われてたらどうなっていたかわからない。ギガント・ゴーレムは俺の結界で攻撃を防げたけど、初見で、しかもあの数が組織立ってとなれば……うーん、いろいろ面倒臭いな。

「いっそ王妃がいなくなればいいのに」

「滅多なことは言うな。ギーゼロッテが儂を敵視しているのは明らかだが、奴が絶大な人気を得ている状況下でこちらから手を出すわけにはいかぬ。出したところで敗北が濃厚だ」

もうあっちが先に仕掛けてきてるんだけどなあ。

父さんは「それに」と意外な言葉を続けた。

「今、王妃にいなくなられると困るのだ」

「ん？　どうして？」

「情けない話だが、ジルク国王陛下の権威は失墜して久しい。『次』を狙わんとする貴族どもは中央にも地方にも大勢いる。連中が大人しくしているのは王妃の存在が絶対であるがゆえだ」

「王妃が死ぬと内乱が起こるってこと？」

「さすがに聡《さと》いな。その通りだ」

「……父さんが王様になっちゃえば？」

抵抗勢力も『地鳴りの戦鎚』がぶっとばす。俺が思いつきを口にすると、父さんは苦笑した。

「儂はその〝器〟ではない。だが、そうだな……」

父さんはじっと俺を見つめ、言った。

「当てはある。しかし時期尚早だ。まだ幼すぎる。せめて成人までは待ちたい」

あー、なるほど。俺、誰だかわかっちゃったぞ。シャルロッテだな！

「聡い子だ。いずれ国を動かすほどの傑物に成長するだろう」

あいつ、ちょっとアホっぽいけど頭はいいんだよな。問題は中二病からくる妄想癖だが、大人になれば治るさ。

「実力の底が知れん。閃光姫をも超える資質を持っていると、儂は思っている」

あいつの最大魔法レベルは王妃を超える。魔法の訓練を本格的に始めればすぐ追いつくだろうね。てか俺のヘンテコ結界魔法で強力サポートだ。

「ここまで言えばわかるな？　儂がお前に何を期待しているかを」

ああ、いくら察しの悪い俺でもわかるよ。

俺がやるべきは、シャルが立派な女王になるまで守ること。そうすれば俺は安心して異世界引きこもり生活をエンジョイできるしね。

「やってくれるか？」

「もちろんだよ」

やるべきことが決まれば即行動。前世の俺からは考えられないが、今はそんな気分だ。

俺は視線を横に移す。

ライアスの護衛騎士たちが数人集まってひそひそ話していた。

父さんは知らないけど奴らはもうシャルの暗殺を実行に移している。そして命じたのは閃光姫――ギーゼロッテ王妃だ。

あの女は、絶対に今後もちょっかいを出してくる。帝国と裏で手を結んだり、父さんを暗殺しようとしたのも、父さんの言う女狐――ギーゼロッテに違いないのだ。

なら、守ってばかりを考えるのではなく――。

「殺さなければ、何をしても、い、い、い、いいんだろ？」

十年ぶりの、母子再会といいこうじゃないか。

俺の小さなつぶやきは、誰にも拾われることがなかった――。

☆

ライアス王子とマリアンヌ王女の辺境視察は、小さなトラブルもなくつつがなく日程を終えた。

そう。何事も起こらず、シャルロッテ・ゼンフィスは健在のままだ。

「言い訳を、聞かせてもらえるかしら」

ギーゼロッテは離宮の一室で、横長のソファーに腰かけ静かに告げた。

彼女の前には視察団の護衛隊長を務めた騎士が跪《ひざまず》いている。

「召喚士部隊が、忽然《こつぜん》と姿を消しました。全員が拠点の物資もろとも、なんの痕跡もなく、であります」

騎士は王妃を直視できず、床を見つめたまま震えた声で答えた。

「それで？」

「ゼンフィス卿が我らを監視する目が厳しく、自由に動ける部隊が消失してしまっては、我らだけでは如何ともしがたく……」

「おめおめと帰ってきたわけね」

「この汚辱は！　いずれ必ず、すすいでみせます。何とぞ新たなる機会をお与えくださるよう、お願い申し上げます！」

騎士が床に額がつくほど頭を下げる。

ギーゼロッテは一瞥《いちべつ》すらせず、ワイングラスを手にして赤い液体を揺らめかせた。

「いずれ、なんて言われたら、わたくしは貴方を『無能』と断ずるほかなくてよ？　貴方が今やるべきは空っぽの頭を隅々まで見渡して、失敗の原因を突き止める以外にないの」

「それは……」

「いい？　数十名の部隊が姿を消した。痕跡がないのなら、ただ召喚に失敗したとの単純な理由ではないわ」

赤い液体が波打つ。ギーゼロッテは静かに怒気を吐き出した。

「敵が、いるのよ。わたくしの邪魔をした、誰かがね」

騎士は急いで記憶をまさぐっていく。

「そういえば、視察中に妙な男の話を聞きました。盗賊や魔物を退治して回る、正体不明の『黒い戦士』と呼称される男です」

「まあ大変。わたくし心底呆《あき》れてしまったわ。そこまで知っていながらなぜ放置していたの？」

「し、しかしながら、その者が相手をしていたのはおそらく脆弱《ぜいじゃく》な盗賊団や、数も強さも大したことのないはぐれモンスターです。召喚士部隊は召喚以外の魔法にも秀でた精鋭であり、数十名の部隊を一人で全滅させるなど――」

ぱしゃ、と赤い液体が騎士に浴びせられた。

「少しは頭が冷えたかしら？　本当に愚かな男ね、貴方って。『おそらく』ですって？　話だけでネズミと侮った猫は、その実野良犬に嚙み殺されるの。貴方、獅子《しし》にでもなったつもりなの？」

「いえ、その……」

「それに相手が一人だとどうして言えるの。裏でゼンフィスが関わっているとは考えなかったの？相応の兵が動いたなら必ず尻尾はつかめるもの。そこから彼を糾弾できたでしょうに」

「面目次第もございません……」

「ああ、気分が悪いわ。あれだけ目をかけてやった男が、呆れるほど愚かだったと知ったわたくしの気持ちがわかって？　貴方には相応の罰を………」

凍りついた騎士だったが、ギーゼロッテが押し黙ったのを不審に思い、恐る恐る顔を上げる。

王妃は目を見開き、驚きに美貌を染めていた。

視線は、騎士の背後だ。

「誰っ⁉」

王妃の叫びに、騎士は跳ねるように振り返る。


——人の〝影〟がいた。


そう表現できるほど漆黒に染まった人物だ。つるりとしたヘルムに、ぴっちりとした衣装。いずれも闇に溶けるほどに黒かった。体格からして成人の男性だ。

騎士は王妃の私室であっても帯剣が許されている。閃光姫の自信がなせる慣例だ。

腰の剣に手をかけ、抜こうとしつつ叫ぶ。

「王妃様！　お下がりくださ——ぃ……？」

だが剣を抜く前に、その首が音もなく両断された。頭部はごとりと床に落ち、続けてゆらりと体も倒れる。

「これで全部だな」

漆黒の男が言う。両腕を軽く振るうと、いくつもの人の頭が床に転がった。

ギーゼロッテが知る者たちだ。先のゼンフィス卿領へ視察に同行した王妃直轄の騎士たちだった。

敵――紛れもなくこの不審者は、自分の敵。

そして騎士が述べていた、辺境伯に与《くみ》する『黒い戦士』に間違いない。

瞬時に判断したギーゼロッテは無詠唱で自己を強化する。片足で軽く床を蹴ると、座ったままの姿勢でソファーの後ろへ飛びのいた。もう一歩、大きく後ろへ飛び、暖炉の側へ。

暖炉の上に飾ってあるひと振りの剣をつかむや、中腰の姿勢で剣の柄に手をかけた。

『光刃の聖剣』――魔王を滅した〝至高の七聖武具〟のひとつ。

(これを手にした今、閃光姫《わたくし》の敵足り得る者は存在しないわ)

姿を見せる前に暗殺しなかった己を呪って死ぬがいい。

もっとも背後から不意討ちしたところで、自動防御が発動するので無理ではあるが。

ギーゼロッテは余裕を取り戻して問う。

「どうやってこの部屋に……離宮に忍びこんだのかしら？　幾重にも防護結界が張ってあったはずよ？」

「結界？　ああ、あの雑なやつか。綻びだらけだったから破る必要もなかったぞ。仕方ないから完全防音の結界を上から張っといた。大声出しても誰にも気づかれない」

「……そう。あとで結界を担当した者たちにはきついお仕置きをしなくてはね」

複数の声が重なったような、不快な声音だ。

聞くに堪えない。そんな苛立ちから剣の柄を強く握った、その瞬間。

ゴゥン！

握った手のすぐ側に小さな魔法陣が生まれて光を放った。

「さすがは閃光姫ってところか。さっそく防がれちゃったよ。お前、見、え、て、るんだな」

何を？　ギーゼロッテは混乱の渦中にあった。

今のは事前に組んでいた防御魔法盾が自動で発動して『何か』を防いだのだ。その正体を彼女はまったく予想できていない。

「仕方がないな。こうなったら『下手なテッポウ』作戦だ。食らえ！」

「なに、を……？」

疑問の声をかき消すように、ギーゼロッテの周囲でいくつもの光が弾けた。

四方八方からくる正体不明の攻撃。

そのすべてが見えない。感じない。出所の予測すらできない。

（まずいわ、このままでは――）

自動防御が追いつかない。ギーゼロッテは剣を握っただけで全魔力を防御に回した。

攻撃はさらに勢いを増し、苛烈になる。

小さな魔法陣は彼女の周囲を覆い尽くすほど生まれては消え、室内は竜巻が吹き荒れているかのように破壊されていった。

（嘘よ、嘘だわ、どうしてわたくしが、こんな……）

魔王と対峙したときでも、ここまでの窮地には陥らなかった。

詠唱する暇がない。だから魔力を大きく消費する無詠唱に頼らざるを得なかった。もちろん反撃する間もなく、無為に魔力だけが減っていく。

（いつまで続くのよ……？）

魔王を滅した自分は、この国で――いや世界でもっとも現在魔法レベルが高いとの自負がある。従って内包する魔力も随一のはず。

詠唱していないのは相手も同じ。

だというのに、黒い男は攻撃の手を休めるどころか勢いは増す一方だった。

（もう、ダメ……魔力が……）

尽きる。その瞬間には、自己強化分の魔力も防御に回している自分は、ただの肉塊になり果てると恐怖した。そのときだ。

ぴたりと、まさしく嵐のような攻撃が止まった。

ついに、ようやく。

（あちらの魔力が、尽きた……）

だがそれは彼女も同じ。しばらく彼女の周りを囲んでいた魔法陣が、輝きを失い消滅したのだ。

あと数秒、あちらが攻撃を続けていたら。

嫌な想像を振り払い、ギーゼロッテは瞳をぎらつかせた。

(魔力が尽きても、わたくしには——)

まだ『光刃の聖剣』がある。

彼女は剣技においても国内随一を誇った。たとえ自己を魔法で強化できなくても、聖剣本来の切れ味と内包する魔力を使えば無手の相手を圧倒できる。

ところが。

黒い男は彼女を絶望に叩き落とす言葉を告げた。

「やっぱ砕くのは無理っぽいな。んじゃ、次は斬ってみるか」

「……え?」

砕くのは無理?

さっきは散々魔法陣を砕きまくっていたのに、あの男は何を言っているのだろう? 砕かれては現れていたのを誤解しただけ?

いや、それよりも——〝次〟?

ヒュン、と。

風の音がすぐ近くで聞こえた、気がした。妙だ。同時に首筋に熱いような、冷たいような不思議な痛覚。

ぐらりと視界が揺らいだ。直後、世界が暗転する――。

「あっぶねー。危うく殺すとこだったぞ」

意識がいい、い、い、束の間途切れていた彼女の耳に、小さなつぶやきは届かなかった――。


――闇から一転、ギーゼロッテの視覚が戻った。

どうやら自分は、倒れている最中のようだ。現実感が乏しい中、男の声が聞こえた。

「いくら攻撃がやんだからって、いきなり防御を解くかね？　油断し過ぎだろ。ま、結果オーライってやつだな。侮ったな、俺を！　とか言ってみちゃったり」

油断？　侮る？　侮ったな、俺を！　そんな無駄を許さなかった者がよくも言う。こちらは魔力が尽きたのだ。仮に攻撃が続くと知っていても防ぎようがなかった。

ただギーゼロッテは憤懣《ふんまん》をぶちまける以前に、現在進行形の〝異常〟に戸惑っている。

後頭部を強く打った。天井が見える。

なのに、体は前のめりに倒れた。

矛盾する感覚に戸惑いながらも、視覚情報を優先して仰向けだと判断し、体を起こそうとする。

けれど床につこうとした手は空を切り、胸は床に遮られて腰が浮くような格好になる。

仕方なく、うつ伏せと考えて起き上がる。視界に、頭のない体が四つん這いの姿勢で現れた。

（なによ、これ……）

常識的な思考を極力抑え、ただ現状把握できる事実だけを元に推測を試みる。

導き出した答えはとてもシンプルなものだ。

目の前にある首なしの体は、自分のものである。

「いったいなんなのよ、これはぁ⁉」

だが理解はまったく及ばない。

なぜ頭と体が分かたれてなお、自分は生きているのか？　息ができ、体を動かすこともできるのに、なぜ頭と体がつながっていないのか？

「頭と体を物理的に切り離した。でも切断面は謎時空で互いにつながってるから死んでない」

これで説明したつもりなのが不思議であり、癇《かん》に障った。

「知らないわ……。わたくしはそんな魔法、知らない……」

「ま、そういうもんだと思ってくれ。で、だ。話がしたいんだが、いつまでも転がってるのは失礼だと思うんだよ」

嘲笑されたかのような不快感を抱き、ギーゼロッテは嫌悪を露わにする。だがこのままでいることもまた屈辱だ。懸命に体を動かそうとするも、

（く、この……右、そっちではないわ。ええい、もどかしい！）

自分の体と向かい合っていると、どうしても逆に動かしてしまう。ようやくコツをつかみ、どうにか頭に手を伸ばすも、鼻の穴に指を突っこんでしまった。なんて無様。

どうにか頭を持ち上げ、体の向きと同じにする。

恐る恐る慎重に、頭を首の上に乗せようと――。

「なっ⁉」

不思議な力が作用し、切断面を合わせられない。危うくまた落としそうになった。

「切断面は磁石の同極みたいに反発するんだ。針も通せないから縫い合わせるのも無理だよ」

「おのれぇ！　かような屈辱を与え、わたくしに何を求めるのですか！」

頭を持ち上げたまま、怒りの形相で男を睨みつける。

「ゴルド・ゼンフィス辺境伯、およびその家族。さらにはその領内」

「ッ⁉」

「今後いっさい手を出すな」

「やはり貴方は、ゼンフィスの手の者なのね」

「違うね。俺は陰から世の悪を誅《ちゅう》する正義のヒーロー。名前はまだない」

「悪？　世に謳《うた》われし閃光姫を、悪と断じるの！」

「俺が決めた。世間の評判とか関係ないし、自薦他薦も受け付けない」

黒い男は続ける。

「そう恐い顔するなよ。お前が王宮で何を企んで何をやろうと、ぶっちゃけ俺にはどうでもいい。王を蹴落として女王になるのも自由だ。今はな」

含みのある言い方だった。

「ただし辺境伯やその関係各所には未来永劫《みらいえいごう》ちょっかいを出すな。簡単だろ？」

「……このような不自由な姿では、わたくしに反発する勢力を抑えられないわ。結果としてゼンフィス卿が不利な状況に陥ることもあるでしょうね」

今できる精一杯の脅し文句だったが効果はあったようだ。

男はふむ、としばらく考えてから。

何かを放り投げた。つい今しがたまで何も手にしていなかったのに。

ごとりと落ちた金属製のそれは――。

「首、輪……？　しかも、それはまさか……」

「〝不自由の首輪〟だっけ？　まあ、そいつは特別製だ。替えはきかない。でもそれを嵌《は》めていれば、お前は今まで通り『自由』に動ける。ずっと頭を支えなくても済むってことだ」

王国では、軽犯罪を犯した者は一定期間の奉仕活動を課せられる。その間は行動を制限され、通常の生活から離れなくてはならなかった。

その印が鉄製の粗末な首輪――通称〝不自由の首輪〟を嵌めること。

「王妃であり閃光姫であるこのわたくしに、罪人と同じ恥辱を味わえと⁉」

「お前にはお似合いだ」

あまりに強く奥歯を噛みしめたため、彼女の唇の隙間からつぅっと血が流れ落ちた。

「返答はいらない。行動で示せ。もしさっき伝えた条件に抵触したらその魔法はすぐに解く。首を刎ねたあとに施した魔法だ。それを解いたら……わかるよな？」

――死。

切断面から血が噴き出し、ただちに命はついえるだろう。最高レベルの回復魔法をすぐさま行使しても間に合うかどうか……。

「話は終わりだ。そんじゃあな」

そう告げて、男は実にあっさりと闇に溶けこむように姿を消した――。


時が止まったかのような静寂の中、ギーゼロッテはよろよろと歩を進める。膝を折り、頭部を片手で支え、もう一方の手を伸ばした。

鉄製の冷たい感触に思わず手が止まる。

言いなりになる屈辱もあるが、はたして男の言葉を信用してよいものだろうか？

（殺すつもりなら、すでに殺しているはず……）

殺さない理由があるに違いない。

自分が死ねば『次の座』を狙う者たちで国内は荒れるだろう。それを嫌ったのか？

もしそうだとしても、あれほどの実力があれば単身で国を奪うことも可能ではないのか。むしろ荒れたほうが男には都合がよいとも思えた。

王妃は、考えるのをやめた。

かちり。首輪を嵌めた。不思議なことに、反発しあっていた頭部と体は逆に引き合うようにして貼りついた。

よろよろと立ち上がり、鏡台の前へ。

艶やかだった黒髪はぼさぼさで憔悴《しょうすい》しきった顔。そして罪人の首輪。実に情けない姿だ。

ギーゼロッテは凋落《ちょうらく》真《ま》っ只中《ただなか》の貴族家に生まれるも、その素質の高さから国を挙げての英才教育を受けて期待に違わず成長した。

まさに天賦の才を得て、エリートコースの先頭をひた走ってきたのだ。栄光の歴史に一点の曇りもなく。いや、ただひとつ、極めて出来の悪い子を授かったことくらいか。

まだこれから先、さらなる高みへ駆け上っている途中で。

自ら膝を折って立ち止まるなど許されない！

「こんな、もの！」

衝動的に首輪に手をかけた。錠のない首輪は留め金をカチリと外せば簡単に取れ、

「わ、わわっ！」

瞬間、頭が天井へと弾き飛んだ。

懸命に落下地点を予測して受け止めようとするも、するりと手から零れ落ちた頭部は、ゴンと床に落ちた。顔面を強打し、自慢の高い鼻から血が滴る。

手探りで頭をつかみ、見えない中でようやく再び頭部をあるべき場所に戻した。

床を舐《な》めるような四つん這いの姿勢はどれほど無様であろうか。

閃光姫ともてはやされ、すぐそこに国の最高位が手の届く場所にあった、はずなのに。

「ふは、ははははは、は……ぐ、く……ぅ、ぅぅぅ………」

声を押し殺し、光を浴び続けてきた女は、生涯で初めて涙を流した――。

★

閃光姫に勝ってしまった。

魔法レベル2の俺が、魔王を倒した最強の女に、である。

ひゃっほーっ！　俺ってすげーっ！　などと浮かれる俺ではない。

今回勝利を引き寄せたのは、ヘンテコな結界魔法と完璧すぎる作戦があったからだ。

うん、どっちも俺の実力だな。なんだよ浮かれていいんじゃん？

あのレベルの相手に不意打ちは無理と判断し、正面切っての大見得だった。部下の首をたくさん持ってきて、目の前でも一人を倒してみせる。強者アピールで奴は警戒したに違いない。慎重にならざるを得なかったろう。

そして見えない弾丸で面制圧。なんだかわからない状況に陥らせて隙を窺う作戦だ。

でもあいつ、見えてたんだよね。ことごとくを防がれてピンチな俺。危うし。

ところがあいつは様子を窺うにとどまっていた。もしかしたら見えてたからこそ慎重になったのかも。この魔法って何かしら？　もっと見て確認したいわ。とか。

でもやっぱりあいつにすべてを防がれて俺大ピンチ。

しかぁし奴はついに油断した。防御を疎かにして首チョンパに成功。やったね。

……ギリギリじゃん？　浮かれちゃダメじゃん。反省。

まあ結果オーライだ。

あの日を境に、ギーゼロッテは公式の場に滅多に現れなくなったそうな。

首輪姿は当初こそ『奇抜なファッション』と捉えられていたけど、『誤って嵌めたら外れなくなったのでは？』との憶測が飛ぶようになった。

しばらくして罪人の印が首輪ではなく腕輪に替えられたことが後押しともなり、憶測は失笑を呼ぶ。王様をないがしろにする奴の振る舞いに怒る者たちの、格好の攻撃材料となったのだ。

父さんが言うにはそんな状況らしい。

『王妃ギーゼロッテの威光はじわじわと、そして確実に失墜していく。

内乱が起こらないギリギリのラインを保ちつつ。

首筋に張り付く『死』の恐怖に彼女は怯えながら』

なんてナレーションが聞こえてくるようだ。

とどのつまり、奴は俺との約束を守って何もちょっかいを出してはこなかった。

そして――。

いくつか季節が巡った。

ギーゼロッテの邪魔もなく、平穏無事に生きてきて、もうすぐ俺は十五になります。

北の地の冬は厳しい。

昨夜から降り積もった新雪をきゅっきゅと踏み歩く。寒空の下にいるとは引きこもりの風上にもおけない俺ですが、

「兄上さまー」

可愛い妹に誘われては断れなかった。

手を振って駆けてくる女の子は成長した。ますます美人になってきたね。

「雪を使った必殺技を考えました。名付けて『血濡れの氷山《ブラッディー・アイスベルク》』。ですがわたくしには使えません。そこで兄上さまにお願いが」

あー、うん。中二病は罹患《りかん》したままなのよね。

シャルは熱心に必殺技を解説する。決めポーズまで考えてあった。

「わかったわかった。仕方のないやつめ」

結界で雪を掬《すく》って固める。三角錐《さんかくすい》を作った。尖《とが》ったほうを下に向けて上空へ。

片手を三角錐へと伸ばし、もう一方の手で片目を隠すようなポーズをする。いずれもまったく意味のない行為だが可愛い妹《クライアント》の意向ですので。

三角錐をこれまた意味なく回してみる。新雪がそちらへ吸い寄せられていった。これは俺のアドリブだが演出は大事なのだ。

シャルはわくわくテカテカ。

雪が付着するにつれて三角錐は大きくなる。白色が徐々に赤みを帯び、やがて十メートルの大きさになると真っ赤に染まった。

「貴様らの血で、さらなる赤に染まれ。『血濡れの氷山《ブラッディー・アイスベルク》』！」

指定された決め台詞とともに三角錐を落っことす。

爆音と暴風。新雪が弾け飛んで視界が白に染まった。やがて静寂が訪れると、特大のクレーターができていた。

これ、威力的にどうなんだろう？　シャルの満足いくレベル？

「すごいです！　さすが兄上さま、完璧です！」

どうやらお気に召してくれたようで俺も嬉しいよ。

と、誰かが駆けてくる気配。

「あ、父上さま、母上さまぁー」

シャルは「お待ちしてましたー」と手をぶんぶん振る。え、父さんと母さんも呼んでたの？

マズいんじゃね？　とシャルに目を向ければ、

「はっ⁉　兄上さまの正体がバレてしまいます！」

お前忘れてたんかい。

「いったい今の爆発音は何事だ？　ッ⁉　これは……」

特大クレーターに目を丸くする父さん。

「あちらの方の仕業です」

俺は急遽作った『黒い戦士』を指差す。奇妙なポーズを取らせてシュワッチとばかりに空高く舞い上がらせ、キランと光とともに消し去った。

「……何をしていたのだ？」

「たまたま通りがかった彼が、俺たちに必殺技を披露してくれたんだよ」

こくこくこくこくとシャルも大きくうなずいている。首振り過ぎだよ？

「……そうか」

呆れたような納得いかないような視線が痛かった。

シャルは母さんと一緒に雪玉を作って転がしている。雪だるまを作るのかな？

俺と父さんはそんな二人を眺めていた。

ああ、平和だな。帝国の干渉は鳴りを潜め、ギーゼロッテも大人しくしている。充実した異世界引きこもりライフを目指す俺には、なんの障害もなくなったのだ。

さあ、とっとと部屋に戻って引きこもるぞ！

「そういえばハルト、悪いが春から王都の学校へ通ってくれ」

「嫌です」

いきなりなんなのわけわからん！『ちょっとコンビニ行ってきて』なノリやめてよね。

「当然の反応か。お前はどういうわけか学校に通うのを極端に嫌っているからな」

俺にとって呪いにして禁忌のワード――それが『学校』だ。前世で俺を苦しめた、忌むべき場所。これまでだって『そろそろ学校に通えば？』と言われるたびに駄々をこねて拒否してきた。

「嫌です！」

もう一度、力強く拒否を返した。せっかく理想の引きこもりライフが手の届くところまできたというのに冗談じゃない。しかもなんで王都なのよ？

「堪えてくれ。詳しくは後で話すが、断れぬ事情がある」

父さんは実に申し訳なさそうにうつむいた。相当込み入った事情なのだろう。

ならば――。

ここに俺は新たなミッションを発動する。

名付けて『絶対に学校へは通わない大作戦』。

断れない事情なんぞ、この俺自ら粉砕してくれるわ！　ふふふ、燃えてきたぞ。

「兄上さま、できました！」

ほぉらシャルも雪だるまを作って祝福してくれている。てかデカいな。五メートルくらいあるんだけど頭はどうやって乗っけたの？

ともあれ。

理想の引きこもりライフを実現すべく、新たなミッションに挑む十五手前の冬だった――。

あとがき

こんにちわ。澄守彩《すみもりさい》です。またの名を『すみもりさい』です。

本作はＷｅｂ小説投稿サイト『小説家になろう』さまで連載しており、おかげさまで書籍の発売に至りました。ありがたやー。


先んじてニコニコ静画『水曜日のシリウス』にてコミカライズがスタートしております。

作画をご担当いただくのは本作のイラスト担当でもある高橋愛《たかはしあい》先生です。なのでキャラデザ等々、お世話になりっぱなしでございます。

テンポよくコミカルに、時にシリアスに描いたマンガ版もぜひぜひお楽しみください。


さて、本作はＷｅｂ版から大幅に加筆しております。

具体的にはＷｅｂ版の一章と二章の間のお話を、同じくらいの分量で新エピソードとして追加しました。

義妹シャルロッテが如何にしてハルトに懐いたか？　そして彼女はなぜ幼くして中二病になってしまったのか？　その辺りの経緯が明らかに！

また、黒い戦士誕生秘話と、その活躍もどっさり加筆しております。

さらにWeb版では名前しか出てきていないアノ人（具体的にはお義母《かあ》さん）が登場し、お話にがっつり絡んでいます。

Web版を読んだ方にも楽しんでいただけるはず！


最後に謝辞をば。

イラストおよびコミカライズ作画担当の高橋愛さん。癖のあるキャラクターを生き生きと描いていただき、まことにありがとうございます。これから成長したり人が増えたりで大変になろうかと思いますが……よろしくお願いします！

Kラノベブックス編集部の皆さま、担当の栗田さん。今回はスケジュールに余裕があったのでご迷惑はかけていないはず……ですよね？　ともかく今後ともよろしくどうぞ！

最後になりましたが、読者の皆さまへ心からの感謝を。コミックともどもよろしくお願いいたします。

Web版をご覧の方もそうでない方も、お楽しみいただけましたら幸いです。

澄守　彩

Kラノベブックス

実《じつ》は俺《おれ》、最強《さいきょう》でした？

澄守《すみもり》 彩《さい》

2019年5月29日第1刷発行
2023年6月12日第3刷発行

発行者	森田浩章
発行所	株式会社 講談社 〒112-8001　東京都文京区音羽2-12-21
電　話	出版　(03)5395-3715 販売　(03)5395-3608 業務　(03)5395-3603
デザイン	AFTERGLOW
本文データ制作	講談社デジタル製作
印刷所	株式会社ＫＰＳプロダクツ
製本所	株式会社フォーネット社

KODANSHA

ISBN978-4-06-516173-9　N.D.C.913　290p　18cm
定価はカバーに表示してあります

ファンレター、
作品のご感想を
お待ちしています。

あて先　〒112-8001　東京都文京区音羽2-12-21
(株) 講談社　ラノベ文庫編集部 気付
「澄守 彩先生」係
「高橋 愛先生」係

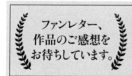

Kラノベブックス
毎月2日ごろ発売
裏切られた勇者は、心優しき魔族のために立ち上がる！
小説家になろう年間1位獲得（ハイファンタジー ジャンル）の話題作！
最強勇者はお払い箱→まものの森で無双ライフ1～3
著 澄守 彩 Ill. jimmy
至高の恩恵を授かり、勇者となった男ガリウス。彼は魔王を倒し、人の世に平穏をもたらした最大の貢献者——のはずだった。しかし彼は手柄を王子に横取りされ、お払い箱となる。
すっかり人間不信に陥ったガリウスは、ひょんなことからワーキャットを助け、敵対していたはずの“魔族”たちの楽園『最果ての森』を目指すことになった。“人”の業を背負う最強の勇者はしかし、心優しき“魔族”たちに受け入れられ——彼らのために、自身の居場所のために、次々に襲い来る敵を殲滅する!
これは“人”ならざる者たちの、“人”に抗う物語。
やがて“魔王”となる男の、悪しき人々を蹂躙する伝説が始まる——。
Kラノベブックス公式サイト http://lanove.kodansha.co.jp/k_lanovebooks/